BERNARDIN
DE SAINT-PIERRE

Pour l'établissement du présent texte, c'est l'édition de 1859, de chez Firmin-Didot, qui nous a servi de leçon.

Bernardin de St Pierre

Paul et Virginie

COLLECTION DES **Cent** CHEFS-D'ŒUVRE

Robert Laffont
30, rue de l'Université, Paris

BERNARDIN DE SAINT-PIERRE

1737-1814

1737   Naissance au Havre, le 19 janvier, de Jacques-Henri Bernardin de Saint-Pierre. Ses parents auront par la suite deux autres fils et une fille. Jacques-Henri est élevé dans sa famille, puis chez un prêtre qui tenait une pension à Caen. Ses lectures : *La Vie des Saints, Robinson Crusoé.*

1749   A douze ans, il est emmené par son oncle à la Martinique, où il séjourne quelques mois.

1749-1757   Il entre au collège des Jésuites à Caen et songe un moment à se faire jésuite pour aller outre-mer convertir les sauvages. Mais son père le conduit au collège de Rouen où il remporte notamment un premier prix de mathématiques.

1756-1763   *Guerre de Sept Ans.*

1758   Bernardin de Saint-Pierre entre à l'Ecole des Ponts-et-Chaussées.

1761   Ingénieur dans le génie militaire, il fait campagne dans le pays de Hesse. Son indiscipline le fait casser. Il revient à Paris, mais, à la fin de l'année, il est envoyé à Malte comme ingénieur du roi pour vérifier l'état des fortifications. Il essuie une tempête au retour.

1761-1766	Son instabilité et la recherche d'une place font de Bernardin de Saint-Pierre un perpétuel voyageur. Il parcourt la Hollande, l'Allemagne, la Russie (il tente de proposer à Catherine la fondation d'un état idéal sur les bords de la Caspienne), la Pologne (où il s'éprend d'une princesse qui le dédaigne).
1768-1770	En mission à l'île de France (aujourd'hui l'île Maurice). Ambitieux maladroit, il ne parvient pas à faire carrière.
1769	*Parmentier acclimate en France la pomme de terre.*
1771	Bernardin de Saint-Pierre revient en France, pauvre et sans situation.
1773	Il publie son *Voyage à l'Ile de France,* qui lui ouvre les salons de Mlle de Lespinasse. Il ne s'entend pas avec les Encyclopédistes, mais se lie d'une amitié fervente avec Jean-Jacques Rousseau. Les deux solitaires devaient trouver matière à philosopher sur le chapitre des misères humaines et des injustices sociales.
1774	*Mort de Louis XV. Avènement de Louis XVI.*
1783	*L'Angleterre reconnaît l'indépendance des Etats-Unis.*
1784	Au terme de dix années obscures, Bernardin de Saint-Pierre publie ses *Etudes de la Nature* à la rédaction desquelles il a consacré des soins patients et minutieux. Il y vante l'ingéniosité de la Providence qui a mis tout en œuvre pour assurer le bonheur des êtres vivants. Succès immense.
1788	Publication de *Paul et Virginie* qui assure une popularité sans bornes à Bernardin de Saint-Pierre.
1789	*Début de la révolution française.*

1790	Publication des *Vœux d'un Solitaire* adressés à Louis XVI, de *La Chaumière indienne* et du *Café de Surate*.
1792	Nommé intendant du Jardin des Plantes et du Cabinet d'histoire naturelle.
1793	*Exécution de Louis XVI.*
1793	Bernardin de Saint-Pierre, quinquagénaire, épouse Félicité Didot, dont il aura deux enfants qu'il prénommera Paul et Virginie. Il se retire à Essones.
1794	Professeur de morale à l'Ecole Normale Supérieure.
1795	Il est reçu à l'Institut.
1795	*Formation du Directoire exécutif en novembre.*
1796	*Les Harmonies de la Nature,* suite des *Etudes,* mais d'une ambition plus vaste : il s'agit de toute une cosmologie aux développements parfois saugrenus (l'auteur établit par exemple des concordances entre les muscles de l'homme et les eaux de pluie, entre les continents et les âges de l'homme, l'Amérique : l'enfance, l'Europe : l'âge mûr, etc.)
1798	Mort de Félicité Didot. Bernardin de Saint-Pierre revient à Paris.
1799	*Le Consulat.*
1800	Bernardin de Saint-Pierre se remarie avec Désirée de Pellepore, une toute jeune fille qui le choya jusqu'à sa mort.
1804	*Napoléon Ier proclamé empereur.*
1806	Grande édition de *Paul et Virginie.*

1814   Mort de Bernardin de Saint-Pierre, le 21 janvier, à l'âge de soixante-dix-sept ans, à Eragny-sur-Oise.

1815   Publication des *Harmonies de la Nature*.

1820   Publication de *La Vie et les Ouvrages de Jean-Jacques Rousseau*.

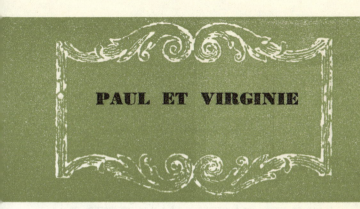

PAUL ET VIRGINIE

C'EST dans le quatrième tome de la troisième édition des *Etudes de la Nature* qu'en 1788 paraissait *Paul et Virginie* comme une illustration romancée des thèses chères à l'auteur. Le succès fut immédiat et durable. Les éditions, ainsi que de nombreuses contrefaçons, se multiplièrent, quel que fût le régime en vigueur. Mentionnons notamment la grande édition par souscription de 1806, illustrée par les meilleurs artistes de l'époque.

C'est au cours de son séjour à l'île de France que Bernardin de Saint-Pierre entendit raconter l'histoire du naufrage du *Saint-Géran* (dont il a gardé le nom dans son récit). On déplorait la mort, parmi les naufragés, d'une certaine Marie Caillou et de l'enseigne Longchamps de Montendre qui, disait-on, n'était pas sans éprouver un vif sentiment pour la jeune personne.

C'est à partir de cet épisode dramatique que Bernardin de Saint-Pierre inventa ses personnages et son intrigue. Comme en lui le penseur ne s'estimait pas inférieur à l'artiste — loin de là ! —, c'est à plusieurs buts nettement définis, ainsi qu'ils sont exposés dans l'*Avant-Propos*, que l'écrivain désirait faire servir son ouvrage. Comme dans ses autres *Etudes de la Nature*, il se propose un but scientifique : « peindre un sol et des végétaux différents de ceux d'Europe ». Il a voulu d'autre part « réunir à la beauté de la nature entre les Tropiques la beauté morale d'une petite société ». Le disciple de Rousseau enfin s'attache à « mettre en évidence plusieurs grandes vérités, entre autres celle-ci : que notre bonheur consiste à vivre suivant la nature et la vertu ».

Que penser des desseins de l'auteur ? Il est certain que la partie didactique a considérablement vieilli. Il ne nous paraît pas du tout probant que le consentement de Mme de La Tour à ce que sa fille ait situation et fortune soit la cause des malheurs qui vont s'abattre sur nos héros. Nous ne pouvons pas nous satisfaire de l'explication de Bernardin de Saint-Pierre selon laquelle il ne faut pas troubler l'ordre de la Providence, pas davantage de la diatribe contre les sciences inutiles dont on encombre la mémoire des enfants des sociétés civilisées. Nous ne pouvons oublier que Bernardin est l'auteur de la fameuse théorie qui prête à la Providence tant admirée la division du melon en côtes parce qu'il est destiné à être mangé en famille !

Mais si cette philosophie sentimentale contribua en son temps au succès de l'ouvrage, c'est à d'autres mérites qu'il doit d'être devenu un des classiques de notre littérature. Dans *Paul et Virginie*, Bernardin de Saint-Pierre se révèle un grand peintre et le précurseur de l'exotisme dans le roman français. Il affirme un talent d'une réelle richesse dans ses descriptions de la nature tropicale, en particulier en ce qui concerne les couleurs. Ses personnages sont touchants et l'on comprend que le public féminin ait aimé passionnément la chaste idylle de ces deux jeunes gens, rayonnants idéalement de beauté physique et morale. L'écrivain enfin fait preuve ici de la maîtrise d'un parfait conteur, développant harmonieusement les thèmes de son récit, dont Sainte-Beuve a très finement loué la « respiration ». A lire cette belle prose, suave et musicale, on sent que Chateaubriand n'est pas loin.

CHATEAU-BRIAND

Il est certain que le charme de *Paul et Virginie* consiste en une certaine morale mélancolique qui brille dans l'ouvrage, et qu'on pourrait comparer à cet éclat uniforme que la lune répand sur une solitude parée de fleurs. Or, quiconque a médité l'Evangile doit convenir que ses préceptes divins ont précisément ce caractère triste et tendre. Bernardin de Saint-Pierre qui, dans ses *Etudes de la Nature,* cherche à justifier les voies de Dieu et à prouver les beautés de la religion, a dû nourrir son génie de la lecture des livres saints. Son églogue n'est si touchante que parce qu'elle représente deux familles chrétiennes exilées, vivant sous les yeux du Seigneur, entre Sa parole dans la Bible et Ses ouvrages dans le désert.

LAMARTINE

Ce manuel de l'amour naïf ; livre qui semble une page de l'enfance du monde arrachée à l'histoire du cœur humain... Les poètes cherchent le génie bien loin, tandis qu'il est dans le cœur, et que quelques notes bien simples, touchées pieusement et par hasard sur cet instrument monté par Dieu même, suffisent pour faire pleurer tout un siècle et pour devenir aussi populaires que l'amour et aussi sympathiques que le sentiment. Le sublime lasse, le beau trompe, le pathétique seul est infaillible dans l'art. Celui qui sait attendrir sait tout.

SAINTE-BEUVE

Ce qui me frappe et me confond au point de vue de l'art dans *Paul et Virginie*, c'est que tout est court, simple, sans un mot de trop, tournant vite au tableau enchanteur... Chaque alinéa est bien coupé, en de justes moments, comme une respiration légèrement inégale qui finit par un son touchant ou dans une tiède haleine.

DANIEL MORNET

Le charme du livre vient aussi de ce que les défauts de Bernardin s'y atténuent ou prennent l'apparence de qualités. La nouveauté du décor rend moins sensible la banalité du sujet et tout ce qu'il y a de factice dans la sensiblerie et les sermons. Sous ces cieux lointains, au milieu de cette nature primitive, les rêves d'une vie rudimentaire, ignorante et tendre, semblent moins chimériques. Surtout la convention littéraire est atténuée par toutes sortes de réalités que Bernardin a bien observées : la vie des planteurs, celle des esclaves, la tempête et le naufrage (qui est un naufrage réel).

AVANT-PROPOS

Je me suis proposé de grands desseins dans ce petit ouvrage. J'ai tâché d'y peindre un sol et des végétaux différents de ceux de l'Europe. Nos poètes ont assez reposé leurs amants sur les bords des ruisseaux, dans les prairies et sous le feuillage des hêtres. J'en ai voulu asseoir sur le rivage de la mer, au pied des rochers, à l'ombre des cocotiers, des bananiers et des citronniers en fleurs. Il ne manque à l'autre partie du monde que des Théocrites et des Virgiles, pour que nous en ayons des tableaux au moins aussi intéressants que ceux de notre pays. Je sais que des voyageurs pleins de goût nous ont donné des descriptions enchantées de plusieurs îles de la mer du Sud ; mais les mœurs de leurs habitants, et encore plus celles des Européens qui y abordent, en gâtent souvent le paysage. J'ai désiré réunir à la beauté de la nature entre les tropiques la beauté morale d'une petite société. Je me suis proposé aussi d'y mettre en évidence plusieurs grandes vérités, entre autres celle-ci, que notre bonheur consiste à vivre suivant la nature et la vertu. Cependant il ne m'a point fallu imaginer de roman pour peindre des familles heureuses. Je puis assurer que celles dont je vais parler ont vraiment existé, et que leur histoire est vraie dans ses principaux événements. Ils m'ont été certifiés par plusieurs habitants que j'ai connus à l'île de France. Je n'y ai ajouté que quelques circonstances indifférentes, mais qui, m'étant personnelles, ont encore en cela même de la réalité. Lorsque j'eus formé, il y a quelques années, une esquisse fort imparfaite de cette espèce de pastorale, je priai une belle dame qui fréquentait le grand monde, et des hommes graves qui en vivaient loin, d'en entendre la lecture, afin de pressentir l'effet qu'elle produirait sur des lecteurs de caractères si différents : j'eus la satisfaction de leur voir verser à tous des larmes. Ce fut le seul jugement que j'en pus tirer, et c'était aussi tout ce que j'en voulais savoir. Mais comme souvent un grand vice marche à la suite d'un petit talent, ce succès m'inspira la vanité de donner à mon ouvrage le titre de Tableau de la nature. Heureusement, je me rappelai combien la nature même du climat où je suis né m'était étrangère ; combien, dans des pays où je n'ai vu ces productions qu'en voyageur, elle est riche, variée, aimable, magnifique, mystérieuse, et combien je suis dénué de sagacité, de goût et d'expression pour la connaître et la peindre. Je rentrai alors en moi-même. J'ai donc compris ce faible essai sous le nom et à la suite de mes Etudes sur la nature, que le public a accueilli avec tant de bonté, afin que ce titre, lui rappelant mon incapacité, le fît toujours souvenir de son indulgence.

PAUL ET VIRGINIE

Sur le côté oriental de la montagne qui
s'élève derrière le Port-Louis de l'île de
France, on voit, dans un terrain jadis cultivé,
les ruines de deux petites cabanes. Elles sont
situées presque au milieu d'un bassin formé
par de grands rochers, qui n'a qu'une seule
ouverture tournée au nord. On aperçoit à gauche la montagne appelée le Morne de la Découverte, d'où l'on signale les vaisseaux qui
abordent dans l'île, et, au bas de cette montagne, la ville nommée le Port-Louis ; à droite
le chemin qui mène du Port-Louis au quartier
des Pamplemousses ; ensuite l'église de ce
nom, qui s'élève avec ses avenues de bambous
au milieu d'une grande plaine; et plus loin,
une forêt qui s'étend jusqu'aux extrémités de
l'île. On distingue devant soi, sur les bords de
la mer, la baie du Tombeau ; un peu sur la
droite, le cap Malheureux ; et au delà, la pleine
mer, où paraissent à fleur d'eau quelques îlots
inhabités, entre autres le Coin de Mire, qui
ressemble à un bastion au milieu des flots.

A l'entrée de ce bassin, d'où l'on découvre tant d'objets, les échos de la montagne répètent sans cesse le bruit des vents qui agitent les forêts voisines, et le fracas des vagues qui se brisent au loin sur les récifs ; mais au pied même des cabanes on n'entend plus aucun bruit, et on ne voit autour de soi que de grands rochers escarpés comme des murailles. Des bouquets d'arbres croissent à leur base, dans leurs fentes et jusque sur la cime, où s'arrêtent les nuages. Les pluies, que leurs pitons attirent, peignent souvent les couleurs de l'arc-en-ciel sur leurs flancs verts et bruns, et entretiennent à leur pied les sources dont se forme la petite rivière des Lataniers. Un grand silence règne dans leur enceinte, où tout est paisible : l'air, les eaux et la lumière. A peine l'écho y répète le murmure des palmistes qui croissent sur leurs plateaux élevés, et dont on voit les longues flèches toujours balancées par les vents. Un jour doux éclaire le fond de ce bassin, où le soleil ne luit qu'à midi ; mais dès l'aurore, ses rayons en frappent le couronnement, dont les pics, s'élevant au-dessus des ombres de la montagne, paraissent d'or et de pourpre sur l'azur des cieux.

J'aimais à me rendre dans ce lieu, où l'on jouit à la fois d'une vue immense et d'une solitude profonde. Un jour que j'étais assis au pied de ces cabanes, et que j'en considérais les ruines, un homme déjà sur l'âge vint à passer aux environs. Il était, suivant la coutume des anciens habitants, en petite veste et en long caleçon. Il marchait nu-pieds et s'appuyait sur un bâton de bois d'ébène. Ses cheveux étaient tout blancs, et sa physionomie noble et simple. Je le saluai avec respect. Il me rendit mon salut : et, m'ayant considéré un moment, il s'approcha de moi et vint se reposer sur le tertre où j'étais assis. Excité par cette marque de confiance, je lui adressai la parole : « Mon père, lui dis-je, pourriez-vous m'apprendre à qui ont appartenu ces deux cabanes » ? Il me répondit : « Mon fils, ces masures et ce terrain inculte étaient habités, il y a environ vingt ans, par deux familles qui y avaient trouvé le bonheur. Leur histoire est touchante ; mais dans cette île, située sur la route des Indes, quel Européen peut s'intéresser au sort de quelques particuliers obscurs ? Qui voudrait même y vivre heureux, mais pauvre et ignoré ? Les hommes ne veulent connaître que l'histoire des grands et des rois, qui ne sert à personne. — Mon père, repris-je, il est aisé de juger à votre air et à votre discours que vous avez acquis une grande expérience. Si vous en avez le temps, racontez-moi, je vous prie, ce que vous savez des anciens habitants de ce désert, et croyez que l'homme, même le plus dépravé par les préjugés du monde, aime à entendre parler du bonheur que donnent la nature et la vertu. » Alors, comme quelqu'un qui cherche à se rappeler diverses circonstances, après avoir appuyé quelque temps ses mains sur son front, voici ce que le vieillard me raconta :

En 1726, un jeune homme de Normandie, appelé M. de La Tour, après avoir sollicité en vain du service en France et des secours dans sa famille, se détermina à venir dans cette île pour y chercher fortune. Il avait avec lui une jeune femme qu'il aimait beaucoup, et dont il était également aimé. Elle était d'une ancienne et riche maison de sa province, mais il l'avait épousée en secret et sans dot, parce que les parents de sa femme s'étaient opposés à son mariage, attendu qu'il n'était pas gentilhomme. Il la laissa au Port-Louis de cette île, et il s'embarqua pour Madagascar, dans l'espérance d'y acheter quelques noirs et de revenir promptement ici former une habitation. Il débarqua à Madagascar vers la mauvaise saison, qui commence à la mi-octobre ; et, peu de temps après son arrivée, il y mourut des fièvres pestilentielles qui y règnent pendant six mois de l'année et qui empêcheront toujours les nations européennes d'y faire des établissements fixes.

Les effets qu'il avait emportés avec lui furent dispersés après sa mort, comme il arrive ordinairement à ceux qui meurent hors de leur patrie. Sa femme, restée à l'île de France, se trouva veuve, enceinte, et n'ayant pour tout bien au monde qu'une négresse, dans un pays où elle n'avait ni crédit ni recommandation. Ne voulant rien solliciter auprès d'aucun homme après la mort de celui qu'elle avait uniquement aimé, son malheur lui donna du courage. Elle résolut de cultiver avec son esclave un petit coin de terre, afin de se procurer de quoi vivre.

Dans une île presque déserte dont le terrain était à discrétion, elle ne choisit point les cantons les plus fertiles ni les plus favorables au commerce; mais, cherchant quelque gorge de montagne, quelque asile caché où elle pût vivre seule et inconnue, elle s'achemina de la ville vers ces rochers, pour s'y retirer, comme dans un nid. C'est un instinct commun à tous les êtres sensibles et souffrants de se réfugier dans les lieux les plus sauvages et les plus déserts, comme si des rochers étaient des remparts contre l'infortune, et comme si le calme de la nature pouvait apaiser les troubles malheureux de l'âme. Mais la Providence, qui vient à notre secours lorsque nous ne voulons que les biens nécessaires, en réservait un à madame de La Tour que ne donnent ni les richesses ni la grandeur : c'était une amie.

Dans ce lieu, depuis un an, demeurait une femme vive, bonne et sensible ; elle s'appelait Marguerite. Elle était née en Bretagne, d'une simple famille de paysans, dont elle était chérie et qui l'aurait rendue heureuse, si elle n'avait eu la faiblesse d'ajouter foi à l'amour d'un gentilhomme de son voisinage, qui lui avait promis de l'épouser ; mais celui-ci, ayant satisfait sa passion, s'éloigna d'elle, et refusa même de lui assurer une subsistance pour un enfant dont il l'avait laissée enceinte. Elle s'était déterminée alors à quitter pour toujours le village où elle était née, et à aller cacher sa faute aux colonies, loin de son pays, où elle avait perdu la seule dot d'une fille pauvre et honnête : la réputation. Un vieux noir, qu'elle avait acquis de quelques deniers empruntés, cultivait avec elle un petit coin de ce canton.

Madame de La Tour, suivie de sa négresse, trouva dans ce lieu Marguerite, qui allaitait son enfant. Elle fut charmée de rencontrer une femme dans une position qu'elle jugea semblable à la sienne. Elle lui parla en peu de mots de sa condition passée et de ses besoins présents. Marguerite, au récit de Madame de La Tour, fut émue de pitié ; et, voulant mériter sa confiance plutôt que son estime, elle lui avoua, sans lui rien déguiser, l'imprudence dont elle s'était rendue coupable. « Pour moi, dit-elle, j'ai mérité mon sort ; mais vous, Madame..., vous, sage et malheureuse » ! Et elle lui offrit en pleurant sa cabane et son amitié. Madame de La Tour, touchée d'un accueil si tendre, lui dit en la serrant dans ses bras : « Ah ! Dieu veut finir mes peines, puisqu'il vous inspire plus de bonté envers moi, qui vous suis étrangère, que jamais je n'en ai trouvé dans mes parents ».

Je connaissais Marguerite ; et, quoique je demeure à une lieue et demie d'ici, dans les bois, derrière la Montagne-Longue, je me regardais comme son voisin. Dans les villes d'Europe, une rue, un simple mur, empêchent les membres d'une même famille de se réunir pendant des années entières ; mais, dans les colonies nouvelles, on considère comme ses voisins ceux dont on n'est séparé que par des bois et par des montagnes. Dans ce temps-là surtout, où cette île faisait peu de commerce aux Indes, le simple voisinage y était un titre d'amitié, et l'hospitalité envers les étrangers un devoir et un plaisir. Lorsque j'appris que ma voisine avait une compagne, je fus la voir pour tâcher d'être utile à l'une et à l'autre. Je trouvai dans Madame de La Tour une personne d'une figure intéressante, pleine de noblesse et de mélancolie. Elle était alors sur le point d'accoucher. Je dis à ces deux dames qu'il convenait, pour l'intérêt de leurs enfants, et surtout pour empêcher l'établissement de quelque autre habitant, de partager entre elles le fond de ce bassin, qui contient environ vingt arpents. Elles s'en rapportèrent à moi pour ce partage. J'en formai deux portions à peu près égales : l'une renfermait la partie supérieure de cette enceinte, depuis ce piton de rocher couvert de nuages, d'où sort la source de la rivière des Lataniers, jusqu'à cette ouverture escarpée que vous voyez au haut de la montagne, et qu'on appelle l'Embrasure, parce qu'elle ressemble en effet à une embrasure de canon. Le fond de ce sol est si rempli de roches et de ravins, qu'à peine on peut y marcher ; cependant il produit de grands arbres, et il est rempli de fontaines et de petits ruisseaux. Dans l'autre portion, je compris toute la partie inférieure qui s'étend le long de la rivière des Lataniers jusqu'à l'ouverture où nous sommes, d'où cette rivière commence à couler entre deux collines jusqu'à la mer. Vous y voyez quelques lisières de prairies et un terrain assez uni, mais qui n'est guère meilleur que l'autre ; car dans la saison des pluies il est marécageux, et dans la sécheresse il est dur comme du plomb ; quand on veut alors ouvrir une tran-

chée, on est obligé de le couper avec des haches. Après avoir fait ces deux partages, j'engageai ces deux dames à les tirer au sort. La
partie supérieure échut à Madame de La Tour,
et l'inférieure à Marguerite. L'une et l'autre
furent contentes de leur lot ; mais elles me priè-
rent de ne pas séparer leur demeure, « afin,
me dirent-elles, que nous puissions toujours
nous voir, nous parler et nous entr'aider ». Il
fallait cependant à chacune d'elles une retraite
particulière. La case de Marguerite se trouvait
au milieu du bassin, précisément sur la limite
de son terrain. Je bâtis tout auprès, sur celui de
Madame de La Tour, une autre case, en sorte
que ces deux amies étaient à la fois dans le voisinage l'une de l'autre, et sur la propriété de
leurs familles. Moi-même j'ai coupé des palissades sur la montagne ; j'ai apporté des feuilles
de latanier des bords de la mer, pour cons-
truire ces deux cabanes, où vous ne voyez plus
maintenant ni porte ni couverture. Hélas ! il
n'en reste encore que trop pour mon souvenir !
Le temps, qui détruit si rapidement les monuments des empires, semble respecter dans ces
déserts ceux de l'amitié, pour perpétuer mes
regrets jusqu'à la fin de ma vie.

A peine la seconde de ces cabanes était
achevée, que Madame de La Tour accoucha
d'une fille. J'avais été le parrain de l'enfant

de Marguerite, qui s'appelait Paul. Madame de La Tour me pria aussi de nommer sa fille conjointement avec son amie. Celle-ci lui donna le nom de Virginie. « Elle sera vertueuse, dit-elle, et elle sera heureuse. Je n'ai connu le malheur qu'en m'écartant de la vertu ! »

Lorsque Madame de La Tour fut relevée de ses couches, ces deux petites habitations commencèrent à être de quelque rapport, à l'aide des soins que j'y donnais de temps en temps, mais surtout par les travaux assidus de leurs esclaves. Celui de Marguerite, appelé Domingue, était un noir iolof, encore robuste, quoique déjà sur l'âge. Il avait de l'expérience et un bon sens naturel. Il cultivait indifféremment sur les deux habitations les terrains qui lui semblaient les plus fertiles, et il y mettait les semences qui leur convenaient le mieux. Il semait du petit mil et du maïs dans les endroits médiocres, un peu de froment dans les bonnes terres, du riz dans les fonds marécageux, et, au pied des roches, des giraumonts, des courges et des concombres, qui se plaisent à y grimper. Il plantait dans les lieux secs des patates qui y viennent très sucrées, des cotonniers sur les hauteurs, des cannes à sucre dans les terres fortes, des pieds de café sur les collines, où le grain est petit, mais excellent ; le long de la rivière, et autour des cases, des

bananiers, qui donnent toute l'année de longs
régimes de fruits avec un bel ombrage ; et
enfin quelques plantes de tabac pour charmer
ses soucis et ceux de ses bonnes maîtresses. Il
allait couper du bois à brûler dans la montagne,
et casser des roches çà et là dans les habitations pour en aplanir les chemins. Il faisait
tous ces ouvrages avec intelligence et activité,
parce qu'il les faisait avec zèle.

Il était fort attaché à Marguerite, et il ne
l'était guère moins à Madame de La Tour, dont
il avait épousé la négresse à la naissance de
Virginie. Il aimait passionnément sa femme,
qui s'appelait Marie. Elle était née à Madagascar, d'où elle avait apporté quelque industrie,
surtout celle de faire des paniers et des étoffes
appelées pagnes, avec des herbes qui croissent
dans les bois. Elle était adroite, propre et très
fidèle. Elle avait soin de préparer à manger,
d'élever quelques poules et d'aller de temps en
temps vendre au Port-Louis le superflu de ces
deux habitations, qui était bien un peu considérable. Si vous y joignez deux chèvres élevées
près des enfants, et un gros chien qui veillait
la nuit au dehors, vous aurez une idée de tout
le revenu et de tout le domestique de ces deux
petites métairies.

Pour ces deux amies, elles filaient, du matin
au soir, du coton. Ce travail suffisait à leur

entretien et à celui de leurs familles ; mais
d'ailleurs elles étaient si dépourvues de com-
modités étrangères qu'elles marchaient nu-
pieds dans leur habitation, et ne portaient de
souliers que pour aller le dimanche de grand
matin à la messe de l'église des Pamplemousses, que vous voyez là-bas. Il y a cependant bien plus loin qu'au Port-Louis ; mais
elles se rendaient rarement à la ville, de peur
d'y être méprisées, parce qu'elles étaient vêtues
de grosse toile bleue du Bengale, comme des
esclaves. Après tout, la considération publique
vaut-elle le bonheur domestique ? Si ces dames
avaient un peu à souffrir au dehors, elles ren-
traient chez elles avec d'autant plus de plaisir.
A peine Marie et Domingue les apercevaient
de cette hauteur sur le chemin des Pamplemousses, qu'ils accouraient jusqu'au bas de la
montagne pour les aider à la remonter. Elles
lisaient dans les yeux de leurs esclaves la joie
qu'ils avaient de les revoir. Elles trouvaient chez
elles la propreté, la liberté, des biens qu'elles
ne devaient qu'à leurs propres travaux, et des
serviteurs pleins de zèle et d'affection.

Elles-mêmes, unies par les mêmes besoins,
ayant éprouvé des maux presque semblables,
se donnant les doux noms d'amie, de compagne et de sœur, n'avaient qu'une volonté, qu'un
intérêt, qu'une table. Tout entre elles était

commun. Seulement, si d'anciens feux, plus vifs que ceux de l'amitié, se réveillaient dans leur âme, une religion pure, aidée par des mœurs chastes, les dirigeait vers une autre vie, comme la flamme qui s'envole vers le ciel lorsqu'elle n'a plus d'aliment sur la terre.

Les devoirs de la nature ajoutaient encore au bonheur de leur société. Leur amitié mutuelle redoublait à la vue de leurs enfants, fruit d'un amour également infortuné. Elles prenaient plaisir à les mettre ensemble dans le même bain, et à les coucher dans le même berceau. Souvent elles les changeaient de lait : « Mon amie, disait Madame de La Tour, chacune de nous aura deux enfants, et chacun de nos enfants aura deux mères ». Comme deux bourgeons qui restent sur deux arbres de la même espèce, dont la tempête a brisé toutes les branches, viennent à produire des fruits plus doux si chacun d'eux, détaché du tronc maternel, est greffé sur le tronc voisin : ainsi ces deux petits enfants, privés de tous leurs parents, se remplissaient de sentiments plus tendres que ceux de fils et de fille, de frère et de sœur, quand ils venaient à être changés de mamelles par les deux amies qui leur avaient donné le jour. Déjà leurs mères parlaient de leur mariage sur leurs berceaux, et cette perspective de félicité conjugale, dont elles charmaient leurs propres peines, finissait bien souvent par les faire pleurer : l'une se rappelant que ses maux étaient venus d'avoir négligé l'hymen, et l'autre d'en avoir subi les lois ; l'une de s'être élevée au-dessus de sa condition, et l'autre d'en être descendue : mais elles se consolaient en pensant qu'un jour leurs enfants, plus heureux, jouiraient à la fois, loin des cruels préjugés de l'Europe, des plaisirs de l'amour et du bonheur de l'égalité.

Rien en effet n'était comparable à l'attachement qu'ils se témoignaient déjà. Si Paul venait à se plaindre, on lui montrait Virginie ; à sa vue, il souriait et s'apaisait. Si Virginie souffrait, on en était averti par les cris de Paul ; mais cette aimable fille dissimulait aussitôt son mal, pour qu'il ne souffrît pas de sa douleur. Je n'arrivais point de fois ici que je ne les visse tous deux tout nus, suivant la coutume du pays, pouvant à peine marcher, se tenant ensemble par les mains et sous le bras, comme on représente la constellation des Gémeaux. La nuit même ne pouvait les séparer ; elle les surprenait souvent couchés dans le même berceau, joue contre joue, poitrine contre poitrine, les mains passées mutuellement autour de leurs cous, et endormis dans les bras l'un de l'autre.

Lorsqu'ils surent parler, les premiers noms

qu'ils apprirent à se donner furent ceux de frère et de sœur. L'enfance, qui connaît des caresses plus tendres, ne connaît point de plus doux noms. Leur éducation ne fit que redoubler leur amitié, en la dirigeant vers leurs besoins réciproques. Bientôt tout ce qui regarde l'économie, la propreté, le soin de préparer un repas champêtre, fut du ressort de Virginie, et ses travaux étaient toujours suivis des louanges et des baisers de son frère. Pour lui, sans cesse en action, il bêchait le jardin avec Domingue, ou, une petite hache à la main, il le suivait dans les bois ; et si, dans ces courses, une belle fleur, un bon fruit ou un nid d'oiseaux se présentaient à lui, eussent-ils été au haut d'un arbre, il l'escaladait pour les apporter à sa sœur.

Quand on en rencontrait un quelque part, on était sûr que l'autre n'était pas loin.

Un jour que je descendais du sommet de cette montagne, j'aperçus, à l'extrémité du jardin, Virginie qui accourait vers la maison, la tête couverte de son jupon, qu'elle avait relevé par derrière pour se mettre à l'abri d'une ondée de pluie.

De loin je la crus seule ; et, m'étant avancé vers elle pour l'aider à marcher, je vis qu'elle tenait Paul par le bras, enveloppé presque en entier sous la même couverture, riant l'un et

l'autre d'être ensemble à l'abri sous un para-
pluie de leur invention. Ces deux têtes charmantes, renfermées sous ce jupon bouffant, me
rappelèrent les enfants de Léda, enclos sous la
même coquille.

Toute leur étude était de se complaire et de
s'entr'aider. Au reste, ils étaient ignorants
comme des créoles et ne savaient ni lire ni
écrire. Ils ne s'inquiétaient pas de ce qui s'était
passé dans des temps reculés et loin d'eux :
leur curiosité ne s'étendait pas au delà de cette
montagne. Ils croyaient que le monde finissait
où finissait leur île ; et ils n'imaginaient rien
d'aimable où ils n'étaient pas. Leur affection
mutuelle et celle de leurs mères occupaient
toute l'activité de leurs âmes. Jamais des
sciences inutiles n'avaient fait couler leurs
larmes, jamais les leçons d'une triste morale
ne les avaient remplis d'ennui. Ils ne savaient
pas qu'il ne faut pas dérober, tout chez eux
étant commun ; ni être intempérants, ayant à
discrétion des mets simples ; ni menteurs,
n'ayant aucune vérité à dissimuler. On ne les
avait jamais effrayés en leur disant que Dieu
réserve des punitions terribles aux enfants
ingrats ; chez eux, l'amitié filiale était née de
l'amitié maternelle. On ne leur avait appris de
la religion que ce qui la fait aimer ; et, s'ils
n'offraient pas à l'église de longues prières,

partout où ils étaient : dans la maison, dans les champs, dans les bois, ils levaient vers le ciel des mains innocentes et un cœur plein de l'amour de leurs parents.

Ainsi se passa leur première enfance, comme une aube qui annonce le plus beau jour. Déjà ils partageaient avec leurs mères tous les soins du ménage. Dès que le chant du coq annonçait le retour de l'aurore, Virginie se levait, allait puiser de l'eau à la source voisine, et rentrait dans la maison pour préparer le déjeuner. Bientôt après, quand le soleil dorait les pitons de cette enceinte, Marguerite et son fils se rendaient chez Madame de La Tour : alors ils commençaient tous ensemble une prière, suivie du premier repas ; souvent ils le prenaient devant la porte, assis sur l'herbe, sous un berceau de bananiers, qui leur fournissait à la fois des mets tout préparés dans leurs fruits substantiels, et du linge de table dans leurs feuilles larges, longues et lustrées. Une nourriture saine et abondante développait rapidement les corps de ces deux jeunes gens, et une éducation douce peignait dans leur physionomie la pureté et le contentement de leur âme. Virginie n'avait que douze ans ; déjà sa taille était plus qu'à demi formée ; de grands cheveux blonds ombrageaient sa tête ; ses yeux bleus et ses lèvres de corail brillaient du

plus tendre éclat sur la fraîcheur de son visage ;
ils souriaient toujours de concert quand elle
parlait ; mais quand elle gardait le silence, leur
obliquité naturelle vers le ciel leur donnait
une expression d'une sensibilité extrême, et
même celle d'une légère mélancolie. Pour
Paul, on voyait déjà se développer en lui le
caractère d'un homme au milieu des grâces de
l'adolescence. Sa taille était plus élevée que celle
de Virginie, son teint plus rembruni, son nez
plus aquilin, et ses yeux, qui étaient noirs,
auraient eu un peu de fierté, si les longs cils
qui rayonnaient autour comme des pinceaux
ne leur avaient donné la plus grande douceur.
Quoiqu'il fût toujours en mouvement, dès que
sa sœur paraissait, il devenait tranquille et
allait s'asseoir auprès d'elle. Souvent leur repas
se passait sans qu'ils se disent un mot. A leur
silence, à la naïveté de leurs attitudes, à la
beauté de leurs pieds nus, on eût cru voir un
groupe antique de marbre blanc représentant
quelques-uns des enfants de Niobé ; mais, à
leurs regards qui cherchaient à se rencontrer, à leurs sourires rendus par de plus doux
sourires, on les eût pris pour ces enfants du
ciel, pour ces enfants bienheureux dont la nature est de s'aimer, et qui n'ont pas besoin de
rendre le sentiment par des pensées, et de
l'amitié par des paroles.

Cependant Madame de La Tour, voyant sa fille se développer avec tant de charmes, sentait augmenter son inquiétude avec sa tendresse. Elle me disait quelquefois : « Si je venais à mourir, que deviendrait Virginie sans fortune » ?

Elle avait en France une tante, fille de qualité, riche, vieille et dévote, qui lui avait refusé si durement des secours lorsqu'elle se fut mariée à M. de La Tour, qu'elle s'était bien promis de n'avoir jamais recours à elle, à quelque extrémité qu'elle fût réduite. Mais devenue mère, elle ne craignait plus la honte des refus. Elle manda à sa tante la mort inattendue de son mari, la naissance de sa fille et l'embarras où elle se trouvait, loin de son pays, dénuée de support et chargée d'un enfant. Elle n'en reçut point de réponse. Elle, qui était d'un caractère élevé, ne craignit plus de s'humilier et de s'exposer aux reproches de sa parente, qui ne lui avait jamais pardonné d'avoir épousé un homme sans naissance, quoique vertueux. Elle lui écrivait donc par toutes les occasions, afin d'exciter sa sensibilité en faveur de Virginie. Mais bien des années s'étaient écoulées sans recevoir d'elle aucune marque de souvenir.

Enfin, en 1738, trois ans après l'arrivée de M. de La Bourdonnaye dans cette île, Madame de La Tour apprit que ce gouverneur avait à

lui remettre une lettre de la part de sa tante.
Elle courut au Port-Louis, sans se soucier cette
fois d'y paraître mal vêtue, la joie maternelle la
mettant au-dessus du respect humain. M. de La
Bourdonnaye lui donna en effet une lettre de
sa tante. Celle-ci mandait à sa nièce qu'elle
avait mérité son sort, pour avoir épousé un
aventurier, un libertin ; que les passions portaient avec elles leur punition; que la mort prématurée de son mari était un juste châtiment
de Dieu ; qu'elle avait bien fait de passer aux
îles plutôt que de déshonorer sa famille en
France ; qu'elle était, après tout, dans un bon
pays où tout le monde faisait fortune, excepté
les paresseux. Après l'avoir ainsi blâmée, elle
finissait par se louer elle-même : pour éviter,
disait-elle, les suites souvent funestes du mariage, elle avait toujours refusé de se marier.
La vérité est qu'étant ambitieuse, elle n'avait
voulu épouser qu'un homme de grande qualité; mais, quoiqu'elle fût très riche, et qu'à la
cour on soit indifférent à tout, excepté à la fortune, il ne s'était trouvé personne qui eût voulu
s'allier à une fille aussi laide et à un cœur aussi
dur.

Elle ajoutait par post-scriptum que, toute
réflexion faite, elle l'avait fortement recommandée à M. de La Bourdonnaye. Elle l'avait
en effet recommandée, mais suivant un usage

bien commun aujourd'hui, qui rend un protecteur plus à craindre qu'un ennemi déclaré : afin de justifier auprès du gouverneur sa dureté pour sa nièce, en feignant de la plaindre, elle l'avait calomniée.

Madame de La Tour, que tout homme indifférent n'eût pu voir sans intérêt et sans respect, fut reçue avec beaucoup de froideur par M. de La Bourdonnaye, prévenu contre elle. Il ne répondit à l'exposé qu'elle lui fit de sa situation et de celle de sa fille que par de durs monosyllabes : « Je verrai... nous verrons... avec le temps... il y a bien des malheureux... Pourquoi indisposer une tante respectable ?... C'est vous qui avez tort ».

Madame de La Tour retourna à l'habitation, le cœur navré de douleur et plein d'amertume. En arrivant, elle s'assit, jeta sur la table la lettre de sa tante, et dit à son amie : « Voilà le fruit de onze ans de patience » ! Mais, comme il n'y avait que Madame de La Tour qui sût lire dans la société, elle reprit la lettre et en fit la lecture devant toute la famille rassemblée. A peine était-elle achevée, que Marguerite lui dit avec vivacité : « Qu'avons-nous besoin de tes parents ? Dieu nous a-t-il abandonnées ? C'est lui seul qui est notre père. N'avons-nous pas vécu heureuses jusqu'à ce jour ? Pourquoi donc te chagriner ? Tu n'as point de courage ».

Et, voyant Madame de La Tour pleurer, elle se
jeta à son cou, et, la serrant dans ses bras :
« Chère amie ! s'écria-t-elle, chère amie » !
Mais ses propres sanglots étouffèrent sa voix.
A ce spectacle, Virginie, fondant en larmes,
pressait alternativement les mains de sa mère
et celles de Marguerite contre sa bouche et
contre son cœur ; et Paul, les yeux enflammés
de colère, criait, serrait les poings, frappait du
pied, ne sachant à qui s'en prendre. A ce bruit,
Domingue et Marie accoururent, et l'on n'entendit plus dans la case que ces cris de douleur : « Ah !... madame !... ma bonne maîtresse !... ma mère !... ne pleurez pas ». De si
tendres marques d'amitié dissipèrent le chagrin de Madame de La Tour. Elle prit Paul et
Virginie dans ses bras et leur dit d'un air content : « Mes enfants, vous êtes cause de ma
peine ; mais vous faites toute ma joie. O mes
chers enfants ! le malheur ne m'est venu que
de loin ; le bonheur est autour de moi ». Paul
et Virginie ne la comprirent pas ; mais quand
ils la virent tranquille, ils sourirent et se mirent à la caresser. Ainsi ils continuèrent tous
d'être heureux, et ce ne fut qu'un orage au milieu d'une belle saison.

Le bon naturel de ces enfants se développait
de jour en jour. Un dimanche, au lever de
l'aurore, leurs mères étant allées à la première

messe de l'église des Pamplemousses, une négresse marronne se présenta sous les bananiers qui entouraient leur habitation. Elle était décharnée comme un squelette, et n'avait pour vêtement qu'un lambeau de serpillière autour des reins. Elle se jeta aux pieds de Virginie, qui préparait le déjeuner de la famille, et lui dit : « Ma jeune demoiselle, ayez pitié d'une pauvre esclave fugitive ; il y a un mois que j'erre dans ces montagnes, demi-morte de faim, souvent poursuivie par des chasseurs et par leurs chiens. Je fuis mon maître, qui est un riche habitant de la Rivière-Noire : il m'a traitée comme vous le voyez ». En même temps elle lui montra son corps sillonné de cicatrices profondes par les coups de fouet qu'elle en avait reçus. Elle ajouta : « Je voulais aller me noyer ; mais, sachant que vous demeuriez ici, j'ai dit : « Puisqu'il y a encore de bons blancs dans ce pays, il ne faut pas encore mourir ». Virginie, tout émue, lui répondit : « Rassurez-vous, infortunée créature ! Mangez, mangez » ! Et elle lui donna le déjeuner de la maison, qu'elle avait apprêté. L'esclave, en peu de moments, le dévora tout entier. Virginie, la voyant rassasiée, lui dit : « Pauvre misérable ! j'ai envie d'aller demander votre grâce à votre maître ; en vous voyant, il sera touché de pitié. Voulez-vous me conduire chez lui ? — Ange de

Dieu, repartit la négresse, je vous suivrai partout où vous voudrez ». Virginie appela son
frère et le pria de l'accompagner. L'esclave
marronne les conduisit, par des sentiers au
milieu des bois, à travers de hautes montagnes
qu'ils grimpèrent avec bien de la peine, et de
larges rivières qu'ils passèrent à gué. Enfin,
vers le milieu du jour, ils arrivèrent au bas
d'un morne, sur les bords de la Rivière-Noire.
Ils aperçurent là une maison bien bâtie, des
plantations considérables et un grand nombre
d'esclaves occupés à toutes sortes de travaux.
Leur maître se promenait au milieu d'eux, une
pipe à la bouche et un rotin à la main. C'était
un grand homme sec, olivâtre, aux yeux
enfoncés et aux sourcils noirs et joints. Virginie, tout émue, tenant Paul par le bras, s'approcha de l'habitant et le pria, pour l'amour de
Dieu, de pardonner à son esclave, qui était à
quelques pas de là derrière eux. D'abord l'habitant ne fit pas grand compte de ces deux enfants
pauvrement vêtus ; mais quand il eut remarqué
la taille élégante de Virginie, sa belle tête
blonde sous une capote bleue, et qu'il eût
entendu le doux son de sa voix, qui tremblait
ainsi que tout son corps en lui demandant
grâce, il ôta sa pipe de sa bouche, et, levant
son rotin vers le ciel, il jura, par un affreux
serment, qu'il pardonnait à son esclave, non

pas pour l'amour de Dieu, mais pour l'amour d'elle. Virginie aussitôt fit signe à l'esclave de s'avancer vers son maître ; puis elle s'enfuit, et Paul courut après elle.

Ils remontèrent ensemble le revers du morne par où ils étaient descendus, et, parvenus au sommet, ils s'assirent sous un arbre, accablés de lassitude, de faim et de soif. Ils avaient fait à jeun plus de cinq lieues depuis le lever du soleil. Paul dit à Virginie : « Ma sœur, il est plus de midi : tu as faim et soif : nous ne trouverons point ici à dîner ; redescendons le morne et allons demander à manger au maître de l'esclave. — Oh ! non, mon ami, reprit Virginie, il m'a fait trop de peur. Souviens-toi de ce que dit quelquefois maman : Le pain du méchant remplit la bouche de gravier. — Comment ferons-nous donc ? dit Paul ; ces arbres ne produisent que de mauvais fruits ; il n'y a pas seulement ici un tamarin ou un citron pour te rafraîchir. — Dieu aura pitié de nous, reprit Virginie : il exauce la voix des petits oiseaux qui lui demandent de la nourriture ». A peine avait-elle dit ces mots, qu'ils entendirent le bruit d'une source qui tombait d'un rocher voisin. Ils y coururent, et, après s'être désaltérés avec ses eaux plus claires que le cristal, ils cueillirent et mangèrent un peu de cresson qui croissait sur ses bords.

Comme ils regardaient de côté et d'autre s'ils ne trouveraient pas quelque nourriture plus solide, Virginie aperçut parmi les arbres de la forêt un jeune palmiste. Le chou que la cime de cet arbre renferme au milieu de ses feuilles est un fort bon manger ; mais quoique sa tige ne fût pas plus grosse que la jambe, elle avait plus de soixante pieds de hauteur. A la vérité, le bois de cet arbre n'est formé que d'un paquet de filaments ; mais son aubier est si dur qu'il fait rebrousser les meilleures haches ; et Paul n'avait pas même un couteau. L'idée lui vint de mettre le feu au pied de ce palmiste. Autre embarras : il n'avait point de briquet, et d'ailleurs, dans cette île, si couverte de rochers, je ne crois pas qu'on puisse trouver une seule pierre à fusil. La nécessité donne de l'industrie, et souvent les inventions les plus utiles ont été dues aux hommes les plus misérables. Paul résolut d'allumer le feu à la manière des noirs. Avec l'angle d'une pierre il fit un petit trou sur une branche d'arbre bien sèche, qu'il assujettit sous ses pieds ; puis, avec le tranchant de cette pierre, il fit une pointe à un autre morceau de branche également sèche, mais d'une espèce de bois différent. Il posa ensuite ce morceau de bois pointu dans le petit trou de la branche qui était sous ses pieds, et le faisant rouler rapidement entre ses mains, comme on roule un moulinet dont on veut faire mousser du chocolat, en peu de moments il vit sortir du point de contact de la fumée et des étincelles. Il ramassa des herbes sèches et d'autres branches d'arbres, et mit le feu au pied du palmiste, qui, bientôt après, tomba avec un grand fracas. Le feu lui servit encore à dépouiller le chou de ses longues feuilles ligneuses et piquantes. Virginie et lui mangèrent une partie de ce chou crue et l'autre cuite sous la cendre et ils les trouvèrent également savoureuses. Ils firent ce repas frugal remplis de joie, par le souvenir de la bonne action qu'ils avaient faite le matin ; mais cette joie était troublée par l'inquiétude où ils se doutaient bien que leur longue absence de la maison jetterait leurs mères. Virginie revenait souvent sur cet objet. Cependant Paul, qui sentait ses forces rétablies, l'assura qu'ils ne tarderaient pas à tranquilliser leurs parents.

Après dîner, ils se trouvèrent bien embarrassés ; car ils n'avaient plus de guide pour les reconduire chez eux. Paul, qui ne s'étonnait de rien, dit à Virginie : « Notre case est vers le soleil du milieu du jour ; il faut que nous passions, comme ce matin, par-dessus cette montagne que tu vois là-bas avec ses trois pitons. Allons, marchons, mon amie ». Cette montagne était celle des Trois-Mamelles[1], ainsi nommée parce que ses trois pitons en ont la forme. Ils descendirent donc le morne de la Rivière-Noire du côté du nord, et arrivèrent, après une heure de marche, sur les bords d'une large rivière qui barrait leur chemin. Cette grande partie de l'île, toute couverte de forêts, est si peu connue, même aujourd'hui, que plusieurs de ses rivières et de ses montagnes n'y ont pas encore de nom. La rivière sur le bord de laquelle ils étaient coule en bouillonnant sur un lit de rochers. Le bruit de ses eaux effraya Virginie ; elle n'osa y mettre les pieds pour la passer à gué. Paul alors prit Virginie sur son dos, et passa ainsi chargé sur les roches glissantes de la rivière, malgré le tumulte de ses eaux. « N'aie pas peur, lui disait-il ; je me sens bien fort avec toi. Si l'habitant de la Rivière-Noire t'avait refusé la grâce de son esclave, je me serais battu avec lui. — Comment ! dit Virginie, avec cet homme si grand et si méchant ? A quoi t'ai-je exposé ! Mon Dieu ! qu'il est diffi-

1. Il y a beaucoup de montagnes dont les sommets sont arrondis en forme de mamelles, et qui en portent le nom dans toutes les langues. Ce sont en effet de véritables mamelles ; car c'est d'elles que découlent beaucoup de rivières et de ruisseaux, qui répandent l'abondance sur la terre. Elles sont les sources des principaux fleuves qui l'arrosent, et elles fournissent constamment à leurs eaux, en attirant sans cesse les nuages autour du piton de rocher qui les surmonte à leur centre comme un mamelon. Nous avons indiqué ces prévoyances admirables de la nature dans nos études précédentes.

cile de faire le bien ; il n'y a que le mal de
facile à faire ». Quand Paul fut sur le rivage,
il voulut continuer sa route, chargé de sa sœur,
et il se flattait de monter ainsi la montagne des
Trois-Mamelles, qu'il voyait devant lui à une
demi-lieue de là : mais bientôt les forces lui
manquèrent, et il fut obligé de la mettre à
terre, et de se reposer auprès d'elle. Virginie
lui dit alors : « Mon frère, le jour baisse ; tu as
encore des forces, et les miennes me manquent,
laisse-moi ici, et retourne seul à notre case
pour tranquilliser nos mères. — Oh ! non, dit
Paul, je ne te quitterai pas. Si la nuit nous
surprend dans ce bois, j'allumerai du feu,
j'abattrai un palmiste, tu en mangeras le chou,
et je ferai avec ses feuilles un ajoupa pour te
mettre à l'abri ». Cependant Virginie, s'étant
un peu reposée, cueillit sur le tronc d'un vieux
arbre, penché sur le bord de la rivière, de longues feuilles de scolopendre qui pendaient de
son tronc ; elle en fit des espèces de brode-
quins dont elle s'entoura les pieds, que les pier-
des chemins avaient mis en sang, car, dans
l'empressement d'être utile, elle avait oublié
de se chausser. Se sentant soulagée par la fraîcheur de ces feuilles, elle rompit une branche
de bambou, et se mit en marche, en s'appuyant
d'une main sur ce roseau, et de l'autre sur son
frère.

Ils cheminaient ainsi doucement à travers les bois ; mais la hauteur des arbres et l'épaisseur de leurs feuillages leur firent bientôt perdre de vue la montagne des Trois-Mamelles, sur laquelle ils se dirigeaient, et même le soleil, qui était déjà près de se coucher. Au bout de quelque temps, ils quittèrent, sans s'en apercevoir, le sentier frayé dans lequel ils avaient marché jusqu'alors, et ils se trouvèrent dans un labyrinthe d'arbres, de lianes et de roches, qui n'avait plus d'issue. Paul fit asseoir Virginie, et se mit à courir çà et là, tout hors de lui, pour chercher un chemin hors de ce fourré épais ; mais il se fatigua en vain. Il monta au haut d'un grand arbre pour découvrir au moins la montagne des Trois-Mamelles ; mais il n'aperçut autour de lui que les cimes des arbres, dont quelques-unes étaient éclairées par les derniers rayons du soleil couchant. Cependant l'ombre des montagnes couvrait déjà les forêts dans les vallées ; le vent se calmait comme il arrive au coucher du soleil ; un profond silence régnait dans ces solitudes, et on n'y entendait d'autre bruit que le bramement des cerfs qui venaient chercher leurs gîtes dans ces lieux écartés. Paul, dans l'espoir que quelque chasseur pourrait l'entendre, cria alors de toute sa force : « Venez, venez au secours de Virginie » ! Mais les seuls échos de la forêt répondirent à sa voix, et répétèrent à plusieurs reprises : « Virginie !... Virginie » !

Paul descendit alors de l'arbre, accablé de fatigue et de chagrin : il chercha les moyens de passer la nuit dans ce lieu ; mais il n'y avait ni fontaine, ni palmiste, ni même de branches de bois sec propre à allumer du feu. Il sentit alors par son expérience toute la faiblesse de ses ressources, et il se mit à pleurer. Virginie lui dit : « Ne pleure point, mon ami, si tu ne veux m'accabler de chagrin. C'est moi qui suis la cause de toutes tes peines, et de celles qu'éprouvent maintenant nos mères. Il ne faut rien faire, pas même le bien, sans consulter ses parents. Oh ! j'ai été bien imprudente » ! Et elle se prit à verser des larmes. Cependant elle dit à Paul :

« Prions Dieu, mon frère, et il aura pitié de nous ».

A peine avaient-ils achevé leur prière, qu'ils entendirent un chien aboyer. « C'est, dit Paul, le chien de quelque chasseur qui vient le soir tuer des cerfs à l'affût ». Peu après, les aboiements du chien redoublèrent. « Il me semble, dit Virginie, que c'est Fidèle, le chien de notre case : oui, je reconnais sa voix ; serions-nous si près d'arriver au pied de notre montagne » ?

En effet, un moment après, Fidèle était à

leurs pieds, aboyant, hurlant, gémissant, et les accablant de caresses. Comme ils ne pouvaient revenir de leur surprise, ils aperçurent Domingue qui accourait à eux. A l'arrivée de ce bon noir, qui pleurait de joie, ils se mirent aussi à pleurer, sans pouvoir lui dire un mot. Quand Domingue eut repris ses sens : « O mes jeunes maîtres, leur dit-il, que vos mères ont d'inquiétude ! comme elles ont été étonnées quand elles ne vous ont plus retrouvés au retour de la messe, où je les accompagnais ! Marie, qui travaillait dans un coin de l'habitation, n'a su nous dire où vous étiez allés. J'allais, je venais autour de l'habitation, ne sachant moi-même de quel côté vous chercher. Enfin j'ai pris vos vieux habits à l'un et à l'autre[1], je les ai fait flairer à Fidèle, et sur-le-champ, comme si ce pauvre animal m'eût entendu, il s'est mis à quêter sur vos pas ; il m'a conduit, toujours en remuant la queue, jusqu'à la Rivière-Noire. C'est là où j'ai appris d'un habitant que vous lui aviez ramené une négresse marronne, et qu'il vous avait accordé sa grâce. Mais quelle grâce ! Il me l'a montrée attachée, avec une chaîne au pied, à un billot de bois, et

---

1. Ce trait de sagacité du noir Domingue et de son chien Fidèle ressemble beaucoup à celui du sauvage Téwénisa et de son chien Oniah, rapporté par M. de Crèvecœur, dans son ouvrage plein d'humanité, intitulé : *Lettres d'un cultivateur américain.*

avec un collier de fer à trois crochets autour du cou. De là, Fidèle, toujours quêtant, m'a mené sur le morne de la Rivière-Noire, où il s'est arrêté encore en aboyant de toute sa force : c'était sur le bord d'une source, auprès d'un palmiste abattu, et près d'un feu qui fumait encore. Enfin il m'a conduit ici : nous sommes au pied de la montagne des Trois-Mamelles, et il y a encore quatre bonnes lieues jusque chez nous. Allons, mangez et prenez des forces ». Il leur présenta aussitôt un gâteau, des fruits, et une grande calebasse remplie d'une liqueur composée d'eau, de vin, de jus de citron, de sucre et de muscade, que leurs mères avaient préparée pour les fortifier et les rafraîchir. Virginie soupira au souvenir de la pauvre esclave, et des inquiétudes de leurs mères. Elle répéta plusieurs fois : « Oh ! qu'il est difficile de faire le bien » ! Pendant que Paul et elle se rafraîchissaient, Domingue alluma du feu, et ayant cherché dans les rochers un bois tortu qu'on appelle bois de ronde, et qui brûle tout vert en jetant une grande flamme, il en fit un flambeau, qu'il alluma, car il était déjà nuit. Mais il éprouva un embarras bien plus grand quand il fallut se mettre en route : Paul et Virginie ne pouvaient plus marcher ; leurs pieds étaient enflés et tout rouges. Domingue ne savait s'il devait aller bien loin de là leur chercher du secours, ou passer dans ce lieu la nuit avec eux. « Où est le temps, leur disait-il, où je vous portais tous deux à la fois dans mes bras ! mais maintenant, vous êtes grands et je suis vieux ». Comme il était dans cette perplexité, une troupe de noirs marrons se fit voir à vingt pas de là. Le chef de cette troupe, s'approchant de Paul et de Virginie, leur dit : « Bons petits blancs, n'ayez pas peur ; nous vous avons vu passer ce matin avec une négresse de la Rivière-Noire ; vous alliez demander sa grâce à son mauvais maître : en reconnaissance, nous vous reporterons chez vous sur nos épaules ». Alors il fit un signe, et quatre noirs marrons des plus robustes firent aussitôt un brancard avec des branches d'arbres et des lianes, y placèrent Paul et Virginie, les mirent sur leurs épaules ; et, Domingue marchant devant eux avec son flambeau, ils se mirent en route aux cris de joie de toute la troupe, qui les comblait de bénédictions. Virginie, attendrie, disait à Paul : « O mon ami ! jamais Dieu ne laisse un bien sans récompense ».

Ils arrivèrent vers le milieu de la nuit au pied de leur montagne, dont les croupes étaient éclairées de plusieurs feux. A peine ils la montaient, qu'ils entendirent des voix qui criaient : « Est-ce vous, mes enfants » ? Ils répondirent avec les noirs : « Oui, c'est nous » ! et bientôt ils aperçurent leur mère et Marie qui venaient au-devant d'eux avec des tisons flambants. « Malheureux enfants, dit Madame de La Tour, d'où venez-vous ? dans quelles angoisses vous nous avez jetées ! — Nous venons, dit Virginie, de la Rivière-Noire demander la grâce d'une pauvre esclave marronne, à qui j'ai donné ce matin le déjeuner de la maison, parce qu'elle mourait de faim ; et voilà que les noirs marrons nous ont ramenés ». Madame de La Tour embrassa sa fille sans pouvoir parler ; et Virginie, qui sentit son visage mouillé des larmes de sa mère, lui dit : « Vous me payez de tout le mal que j'ai souffert » ! Marguerite, ravie de joie, serrait Paul dans ses bras, et lui disait : « Et toi aussi, mon fils, tu as fait une bonne action » ! Quand elles furent arrivées dans leurs cases avec leurs enfants, elles donnèrent bien à manger aux noirs marrons, qui s'en retournèrent dans leurs bois en leur souhaitant toutes sortes de prospérités.

Chaque jour était pour ces familles un jour de bonheur et de paix. Ni l'envie ni l'ambition ne les tourmentaient. Elles ne désiraient point au dehors une vaine réputation que donne l'intrigue, et qu'ôte la calomnie ; il leur suffisait d'être à elles-mêmes leurs témoins et leurs juges. Dans cette île où, comme dans toutes les colonies européennes, on n'est curieux que d'anecdotes malignes, leurs vertus et même leurs noms étaient ignorés ; seulement quand un passant demandait, sur le chemin des Pamplemousses, à quelques habitants de la plaine : « Qui est-ce qui demeure là-haut dans ces petites cases » ? ceux-ci répondaient sans les connaître : « Ce sont de bonnes gens ». Ainsi des violettes, sous des buissons épineux, exhalent au loin leurs doux parfums, quoiqu'on ne les voie pas.

Elles avaient banni de leurs conversations la médisance, qui, sous une apparence de justice, dispose nécessairement le cœur à la haine ou à la fausseté : car il est impossible de ne pas haïr les hommes si on les croit méchants, et de vivre avec les méchants si on ne leur cache sa haine sous de fausses apparences de bienveillance. Ainsi la médisance nous oblige d'être mal avec les autres ou avec nous-mêmes. Mais, sans juger des hommes en particulier, elles ne s'entretenaient que des moyens de faire du bien à tous en général ; et, quoiqu'elles n'en eussent pas le pouvoir, elles en avaient une volonté perpétuelle qui les remplissait d'une bienveillance toujours prête à s'étendre au dehors. En vivant donc dans la solitude, loin d'être sauvages, elles étaient devenues plus humaines. Si l'histoire scandaleuse de la société ne fournissait point de matière à leurs conversations, celle de la nature les remplissait de ravissement et de joie. Elles admiraient avec transport le pouvoir d'une Providence qui, par leurs mains, avait répandu au milieu de ces arides rochers l'abondance, les grâces, les plaisirs purs et simples et toujours renaissants.

Paul, à l'âge de douze ans, plus robuste et plus intelligent que les Européens à quinze, avait embelli ce que le noir Domingue ne faisait que cultiver. Il allait avec lui dans les bois voisins déraciner de jeunes plants de citronniers, d'orangers, de tamarins, dont la tête ronde est d'un si beau vert, et de dattiers, dont le fruit est plein d'une crème sucrée qui a le parfum de la fleur d'oranger ; il plantait ces arbres déjà grands autour de cette enceinte. Il y avait semé des graines d'arbres qui, dès la seconde année, portent des fleurs ou des fruits, tels que l'agathis, où pendent tout autour, comme les cristaux d'un lustre, de longues grappes de fleurs blanches ; le lilas de Perse, qui élève droit en l'air ses girandoles gris de lin ; le papayer, dont le tronc sans branches, formé en colonne hérissée de melons verts, porte un chapiteau de larges feuilles semblables à celles du figuier.

Il y avait planté encore des pépins et des noyaux de badamiers, de manguiers, d'avocats, de goyaviers, de jacqs et de jamroses. La plupart de ces arbres donnaient déjà à leur jeune maître de l'ombrage et des fruits. Sa main laborieuse avait répandu la fécondité jusque dans les lieux les plus stériles de cet enclos. Diverses espèces d'aloès, la raquette chargée de fleurs jaunes fouettées de rouge, les cierges épineux, s'élevaient sur les têtes noires des roches, et semblaient vouloir atteindre aux longues lianes chargées de fleurs bleues ou écarlates, qui pendaient çà et là le long des escarpements de la montagne.

Il avait disposé ces végétaux de manière qu'on pouvait jouir de leur vue d'un seul coup d'œil. Il avait planté au milieu de ce bassin les herbes qui s'élèvent peu, ensuite les arbrisseaux, puis les arbres moyens, et enfin les grands arbres qui en bordaient la circonférence : de sorte que ce vaste enclos paraissait de son centre comme un amphithéâtre de verdure, de fruits et de fleurs, renfermant des plantes potagères, des lisières de prairies, et des champs de riz et de blé. Mais en assujettissant ces végétaux à son plan, il ne s'était pas écarté de celui de la nature. Guidé par ses indications, il avait mis dans les lieux élevés ceux dont les semences sont volatiles, et sur le bord des eaux ceux dont les graines sont faites pour flotter. Ainsi chaque végétal croissait dans son site propre, et chaque site recevait de son végétal sa parure naturelle.

Les eaux qui descendent du sommet de ces roches formaient, au fond du vallon, ici des fontaines, là de larges miroirs, qui répétaient, au milieu de la verdure, les arbres en fleurs, les rochers, et l'azur des cieux.

Malgré la grande irrégularité de ce terrain, toutes ces plantations étaient pour la plupart aussi accessibles au toucher qu'à la vue : à la vérité, nous l'aidions tous de nos conseils et de nos secours pour en venir à bout. Il avait pratiqué un sentier qui tournait autour de ce bassin, et dont plusieurs rameaux venaient se rendre de la circonférence au centre. Il avait tiré parti des lieux les plus raboteux, et accordé, par la plus heureuse harmonie, la facilité de la promenade avec l'aspérité du sol, et les arbres domestiques avec les sauvages. De cette énorme quantité de pierres roulantes qui embarrassent maintenant ces chemins, ainsi que la plupart du terrain de cette île, il avait formé çà et là des pyramides, dans les assises desquelles il avait mêlé de la terre et des racines de rosiers, des poincillades, et d'autres arbrisseaux qui se plaisent dans les roches. En peu de temps ces pyramides sombres et brutes furent couvertes de verdure, ou de l'éclat des plus belles fleurs. Les ravins bordés de vieux arbres inclinés sur les bords, formaient des souterrains voûtés, inaccessibles à la chaleur, où l'on allait prendre le frais pendant le jour. Un sentier conduisait dans un bosquet d'arbres sauvages, au centre duquel croissait, à l'abri des vents, un arbre domestique chargé de fruits. Là était une moisson ; ici, un verger. Par cette avenue, on apercevait les maisons ; par cette autre, les sommets inaccessibles de la montagne.

Sous un bocage touffu de tatamaque entrelacés de lianes, on ne distinguait en plein midi aucun objet ; sur la pointe de ce grand rocher voisin qui sort de la montagne, on découvrait tous ceux de cet enclos, avec la mer au loin, où apparaissait quelquefois un vaisseau qui venait de l'Europe, ou qui y retournait. C'était sur ce rocher que ces familles se rassemblaient le soir, et jouissaient en silence de la fraîcheur de l'air, du parfum des fleurs, du murmure des fontaines, et des dernières harmonies de la lumière et des ombres.

Rien n'était plus agréable que les noms donnés à la plupart des retraites charmantes de ce labyrinthe. Ce rocher, dont je viens de vous parler, d'où l'on me voyait venir de bien loin, s'appelait la DÉCOUVERTE DE L'AMITIÉ. Paul et Virginie, dans leurs jeux, y avaient planté un bambou, au haut duquel ils élevaient un petit mouchoir blanc pour signaler mon arrivée dès qu'ils m'apercevaient, ainsi qu'on élève un pavillon sur la montagne voisine, à la vue d'un vaisseau en mer. L'idée me vint de graver une inscription sur la tige de ce roseau. Quelque plaisir que j'aie eu dans mes voyages à voir une statue ou un monument de l'antiquité, j'en ai encore davantage à lire une inscription bien faite : il me semble alors qu'une voix humaine sorte de la pierre, se fasse entendre à travers les siècles, et, s'adressant à l'homme au milieu des déserts, lui dise qu'il n'est pas seul, et que d'autres hommes, dans ces mêmes lieux, ont senti, pensé et souffert comme lui ; que si cette inscription est de quelque nation ancienne qui ne subsiste plus, elle étend notre âme dans les champs de l'infini, et lui donne le sentiment de son immortalité, en lui montrant qu'une pensée a survécu à la ruine même d'un empire.

J'écrivis donc sur le petit mât de pavillon de Paul et Virginie ces vers d'Horace :

...Fratres Helenæ, lucida sidera,
Ventorumque regat pater,
Obstrictis aliis, præter Iapyga.

« Que les frères d'Hélène, astres charmants comme vous, et que le père des vents vous dirigent, et ne fassent souffler que le Zéphyr ».

Je gravai ce vers de Virgile sur l'écorce d'un tatamaque à l'ombre duquel Paul s'asseyait quelquefois pour regarder au loin la mer agitée :

Fortunatus et ille deos qui novit agrestes !

« Heureux, mon fils, de ne connaître que les divinités champêtres » !

Et cet autre, au-dessus de la porte de la cabane de Madame de La Tour, qui était leur lieu d'assemblée :

At secura quies, et nescia fallere vita.

« Ici est une bonne conscience, et une vie qui ne sait pas tromper ».

Mais Virginie n'approuvait point mon latin ; elle disait que ce que j'avais mis au pied de sa girouette était trop long et trop savant. « J'eusse mieux aimé, ajoutait-elle : TOUJOURS AGITÉE, MAIS CONSTANTE. — Cette devise, lui répondis-je, conviendrait encore mieux à la vertu. » Ma réflexion la fit rougir.

Ces familles heureuses étendaient leurs âmes sensibles à tout ce qui les environnait. Elles avaient donné les noms les plus tendres aux objets en apparence les plus indifférents. Un cercle d'orangers, de bananiers et de jamroses, plantés autour d'une pelouse au milieu de laquelle Virginie et Paul allaient quelquefois danser, se nommait LA CONCORDE. Un vieil arbre, à l'ombre duquel Madame de La Tour et Marguerite s'étaient raconté leurs malheurs, s'appelait LES PLEURS ESSUYÉS. Elles faisaient porter les noms de BRETAGNE et de NORMANDIE à de petites portions de terre où elles avaient semé du blé, des fraises et des pois. Domingue et Marie, désirant, à l'imitation de leurs maîtresses, se rappeler les lieux de leur naissance en Afrique, appelaient ANGOLA et FOULLEPOINTE deux endroits où croissait l'herbe dont ils faisaient des paniers, et où ils avaient planté un calebassier. Ainsi, par ces productions de leurs climats, ces familles expatriées entretenaient les douces illusions de leurs pays, et en calmaient les regrets dans une terre étrangère. Hélas ! j'ai vu s'animer de mille appellations charmantes les arbres, les fontaines, les rochers de ce lieu maintenant si bouleversé, et qui, semblable à un champ de la Grèce, n'offre plus que des ruines et des noms touchants.

Mais, de tout ce que renfermait cette enceinte, rien n'était plus agréable que ce qu'on appelait le REPOS DE VIRGINIE. Au pied du rocher la DÉCOUVERTE DE L'AMITIÉ est un enfoncement d'où sort une fontaine qui forme, dès sa source, une petite flaque d'eau, au milieu d'un pré d'une herbe fine. Lorsque Marguerite eut mis Paul au monde, je lui fis présent d'un coco des Indes qu'on m'avait donné. Elle planta ce fruit sur le bord de cette flaque d'eau, afin que l'arbre qu'il produirait servît un jour d'époque à la naissance de son fils. Madame de La Tour, à son exemple, y en planta un autre, dans une semblable attention, dès qu'elle fut accouchée de Virginie. Il naquit de ces deux fruits deux cocotiers qui formaient toutes les archives de ces deux familles ; l'un se nommait l'arbre de Paul, et l'autre, l'arbre de Virginie. Ils crûrent tous deux, dans la même proportion que leurs jeunes maîtres, d'une grandeur un peu inégale, mais qui surpassait au bout de douze ans celle de leurs cabanes. Déjà ils entrelaçaient leurs palmes, et laissaient pendre leurs jeunes grappes de cocos au-dessus du bassin de la fontaine. Excepté cette plantation, on avait laissé cet enfoncement du rocher tel que la nature l'avait orné. Sur ses flancs bruns et humides rayonnaient en étoiles vertes et noires de larges capillaires, et flottaient au gré des vents des touffes de scolopendre suspendues comme de longs rubans d'un vert pourpré. Près de là croissaient des lisières de pervenche, dont les fleurs sont presque semblables à celles de la giroflée rouge, et des piments, dont les gousses, couleur de sang, sont plus éclatantes que le corail. Aux environs, l'herbe de baume, dont les feuilles sont en cœur, et les basilics à odeur de girofle, exhalaient les plus doux parfums. Du haut de l'escarpement de la montagne pendaient des lianes semblables à des draperies flottantes, qui formaient sur les flancs des rochers de grandes courtines de verdure. Les oiseaux de mer, attirés par ces retraites paisibles, y venaient passer la nuit. Au coucher du soleil, on y voyait voler le long des rivages de la mer le corbigeau et l'alouette marine, et au haut des airs la noire frégate, avec l'oiseau blanc du tropique, qui abandonnaient, ainsi que l'astre du jour, les solitudes de l'océan Indien. Virginie aimait à se reposer sur les bords de cette fontaine, décorée d'une pompe à la fois magnifique et sauvage. Souvent elle venait y laver le linge de la famille à l'ombre des deux cocotiers. Quelquefois elle y menait paître ses chèvres. Pendant qu'elle préparait des fromages avec leur lait, elle se plaisait à leur voir brouter les capillaires sur les flancs escarpés de la roche, et se tenir en l'air sur une de ses corniches comme sur un piédestal. Paul, voyant que ce lieu était aimé de Virginie, y apporta de la forêt voisine des nids de toutes sortes d'oiseaux. Les pères et les mères de ces oiseaux suivirent leurs petits, et vinrent s'établir dans cette nouvelle colonie. Virginie leur distribuait de temps en temps des grains de riz, de maïs, et du millet. Dès qu'elle paraissait, les merles siffleurs, les bengalis, dont le ramage est si doux, les cardinaux, dont le plumage est couleur de feu, quittaient leurs buissons ; des perruches, vertes comme des émeraudes, descendaient des lataniers voisins ; des perdrix accouraient sous l'herbe : tous s'avançaient pêle-mêle jusqu'à ses pieds comme des poules. Paul et elle s'amusaient avec transport de leurs jeux, de leurs appétits et de leurs amours.

Aimables enfants, vous passiez ainsi dans l'innocence vos premiers jours en vous exerçant aux bienfaits ! Combien de fois, dans ce lieu, vos mères, vous serrant dans leurs bras, bénissaient le ciel de la consolation que vous prépariez à leur vieillesse, et de vous voir entrer dans la vie sous de si heureux auspices ! Combien de fois, à l'ombre de ces rochers, ai-je partagé avec elles vos repas champêtres, qui n'avaient coûté la vie à aucun animal ! des calebasses pleines de lait, des œufs frais, des gâteaux de riz sur des feuilles de bananier, des corbeilles chargées de patates, de mangues, d'oranges, de grenades, de bananes, de dattes, d'ananas, offraient à la fois les mets les plus sains, les couleurs les plus gaies et les sucs les plus agréables.

La conversation était aussi douce et aussi innocente que ces festins. Paul y parlait souvent des travaux du jour et de ceux du lendemain. Il méditait toujours quelque chose d'utile pour la société. Ici, les sentiers n'étaient pas commodes ; là, on était mal assis ; ces jeunes berceaux ne donnaient pas assez d'ombrage ; Virginie serait mieux là.

Dans la saison pluvieuse, ils passaient le jour tous ensemble dans la case, maîtres et serviteurs, occupés à faire des nattes et des paniers de bambou. On voyait rangés dans le plus grand ordre, aux parois de la muraille, des râteaux, des haches, des bêches; et auprès de ces instruments de l'agriculture, les productions qui en étaient les fruits : des sacs de riz, des gerbes de blé et des régimes de bananes. La délicatesse s'y joignait toujours à l'abondance. Virginie, instruite par Marguerite et par sa mère, y préparait des sorbets et des cordiaux avec le jus des cannes à sucre, des citrons et des cédrats.

La nuit venue, ils soupaient à la lueur d'une lampe ; ensuite Madame de La Tour ou Marguerite racontait quelques histoires de voyageurs égarés la nuit dans les bois de l'Europe infestés de voleurs, ou le naufrage de quelque vaisseau jeté par la tempête sur les rochers d'une île déserte. A ces récits, les âmes sensibles de leurs enfants s'enflammaient : ils priaient le ciel de leur faire la grâce d'exercer quelque jour l'hospitalité envers de semblables malheureux. Cependant les deux familles se séparaient pour aller prendre du repos, dans l'impatience de se revoir le lendemain. Quelquefois elles s'endormaient au bruit de la pluie qui tombait par torrents sur la couverture de leurs cases, ou à celui des vents qui leur apportaient le murmure lointain des flots qui se brisaient sur le rivage. Elles bénissaient Dieu de leur sécurité personnelle, dont le sentiment redoublait par celui du danger éloigné.

De temps en temps Madame de La Tour lisait publiquement quelque histoire touchante de l'Ancien ou du Nouveau Testament. Ils raisonnaient peu sur ces livres sacrés ; car leur théologie était toute en sentiment, comme celle de la nature, et leur morale toute en action, comme celle de l'Evangile. Ils n'avaient point de jours destinés aux plaisirs, et d'autres à la tristesse. Chaque jour était pour eux un jour de fête, et tout ce qui les environnait, un temple divin, où ils admiraient sans cesse une intelligence infinie, toute-puissante et amie des hommes. Ce sentiment de confiance dans le pouvoir suprême les remplissait de consolation pour le passé, de courage pour le présent, et d'espérance pour l'avenir. Voilà comment ces femmes, forcées par le malheur de rentrer dans la nature, avaient développé en elles-mêmes et dans leurs enfants ces sentiments que donne la nature pour nous empêcher de tomber dans le malheur.

Mais comme il s'élève quelquefois dans l'âme la mieux réglée des nuages qui la troublent, quand quelque membre de leur société paraissait triste, tous les autres se réunissaient autour de lui, et l'enlevaient aux pensées amères, plus par des sentiments que par des réflexions. Chacun y employait son caractère particulier : Marguerite, une gaieté vive ; Madame de La Tour, une théologie douce ; Virginie, des caresses tendres ; Paul, de la franchise et de la cordialité. Marie et Domingue même venaient à son secours. Ils s'affligeaient s'ils le voyaient affligé ; ils pleuraient s'ils le voyaient pleurer. Ainsi des plantes faibles s'entrelacent ensemble pour résister aux ouragans.

Dans la belle saison, ils allaient tous les dimanches à la messe de l'église de Pamplemousses, dont vous voyez le clocher là-bas dans la plaine. Il y venait des habitants riches, en palanquin, qui s'empressèrent plusieurs fois de faire connaissance de ces familles si unies, et de les inviter à des parties de plaisir. Mais elles repoussèrent toujours leurs offres avec honnêteté et respect, persuadées que les gens puissants ne recherchent les faibles que pour avoir des complaisants, et qu'on ne peut être complaisant qu'en flattant les passions d'autrui, bonnes et mauvaises. D'un autre côté, elles n'évitaient pas avec moins de soin l'accointance des petits habitants, pour l'ordinaire jaloux, médisants et grossiers. Elles passèrent d'abord auprès des uns pour timides, et auprès des autres pour fières ; mais leur conduite réservée était accompagnée de marques de politesse si obligeantes, surtout envers les misérables, qu'elles acquirent insensiblement le respect des riches et la confiance des pauvres.

Après la messe, on venait souvent les requérir de quelque bon office. C'était une personne affligée qui leur demandait des conseils, ou un enfant qui les priait de passer chez sa mère, malade dans un des quartiers voisins. Elles portaient toujours avec elles quelques recettes utiles aux maladies ordinaires des habitants, et elles y joignaient la bonne grâce, qui donne tant de prix aux petits services. Elles réussissaient surtout à bannir les peines de l'esprit, si intolérables dans la solitude et dans un corps infirme. Madame de La Tour parlait avec tant de confiance de la Divinité, que le malade, en l'écoutant, la croyait présente. Virginie revenait bien souvent de là les yeux humides de larmes, mais le cœur rempli de joie, car elle avait eu l'occasion de faire du bien. C'était elle qui préparait d'avance les remèdes nécessaires aux malades, et qui les leur présentait avec une grâce ineffable. Après ces visites d'humanité, elles prolongeaient quelquefois leur chemin par la vallée de la Montagne-Longue jusque chez moi, où je les attendais à dîner sur les bords de la petite rivière qui coule dans mon voisinage. Je me procurais pour ces occasions quelques bouteilles de vin vieux, afin d'augmenter la gaieté de nos repas indiens, par ces douces et cordiales productions de l'Europe. D'autres fois, nous nous donnions rendez-vous sur les bords de la mer, à l'embouchure de quelques autres petites rivières, qui ne sont guère ici que de grands ruisseaux. Nous y apportions de l'habitation des provisions végétales que nous joignons à celles que la mer nous fournissait en abondance. Nous pêchions sur ces rivages des cabots, des polypes, des rougets, des langoustes, des chevrettes, des crabes, des oursins, des huîtres et des coquillages de toute espèce. Les sites les plus terribles nous procuraient souvent les plaisirs les plus tranquilles. Quelquefois, assis sur un rocher, à l'ombre d'un veloutier, nous voyions les flots du large venir se briser à nos pieds avec un horrible fracas. Paul, qui nageait d'ailleurs comme un poisson, s'avançait quelquefois sur les récifs au-devant des lames ;

puis, à leur approche, il fuyait sur le rivage devant leurs grandes volutes écumeuses et mugissantes qui les poursuivaient bien avant sur la grève. Mais Virginie, à cette vue, jetait des cris perçants, et disait que ces jeux-là lui faisaient grand'peur.

Nos repas étaient suivis des chants et des danses de ces deux jeunes gens. Virginie chantait le bonheur de la vie champêtre et les malheurs des gens de mer, que l'avarice porte à naviguer sur un élément furieux, plutôt que de cultiver la terre, qui donne paisiblement tant de biens. Quelquefois, à la manière des noirs, elle exécutait avec Paul une pantomime. La pantomime est le premier langage de l'homme : elle est connue de toutes les nations ; elle est si naturelle et si expressive, que les enfants des blancs ne tardent pas à l'apprendre dès qu'ils ont vu ceux des noirs s'y exercer. Virginie se rappelant, dans les lectures que lui faisait sa mère, les histoires qui l'avaient le plus touchée, en rendait les principaux événements avec beaucoup de naïveté. Tantôt, au son du tam-tam de Domingue, elle se présentait sur la pelouse, portant une cruche sur la tête ; elle s'avançait avec timidité à la source d'une fontaine voisine pour y puiser de l'eau. Domingue et Marie, représentant les bergers de Madian, lui en défendaient l'approche, et feignaient de la repousser. Paul accourait à son secours, battait les bergers, remplissait la cruche de Virginie ; et, en la lui posant sur la tête, il lui mettait en même temps une couronne de fleurs rouges de pervenches, qui relevait la blancheur de son teint. Alors, me prêtant à leurs jeux, je me chargeais du personnage de Raguel, et j'accordais à Paul ma fille Séphora en mariage.

Une autre fois, elle représentait l'infortunée Ruth, qui retourne veuve et pauvre dans son pays, où elle se trouve étrangère, après une longue absence. Domingue et Marie contrefaisaient les moissonneurs. Virginie feignait de glaner çà et là, sur leurs pas, quelques épis de blé. Paul, imitant la gravité d'un patriarche, l'interrogeait ; elle répondait en tremblant à ses questions. Bientôt, ému de pitié, il accordait l'hospitalité à l'innocence, et un asile à l'infortune : il remplissait le tablier de Virginie de toutes sortes de provisions, et l'amenait devant nous, comme devant les anciens de la ville, en déclarant qu'il la prenait en mariage malgré son indigence. Madame de La Tour, à cette scène, venait à se rappeler l'abandon où l'avaient laissée ses propres parents, son veuvage, la bonne réception que lui avait faite Marguerite, suivie maintenant de l'espoir d'un mariage heureux entre leurs enfants, ne pouvait s'empêcher de pleurer ; et ce souvenir confus de maux et de biens nous faisait verser à tous des larmes de douleur et de joie.

Ces drames étaient rendus avec tant de vérité, qu'on se croyait transporté dans les champs de la Syrie ou de la Palestine. Nous ne manquions point de décorations, d'illuminations et d'orchestre convenables à ce spectacle. Le lieu de la scène était, pour l'ordinaire, au carrefour d'une forêt dont les percées formaient autour de nous plusieurs arcades de feuillage. Nous étions, à leur centre, abrités de la chaleur pendant toute la journée ; mais, quand le soleil était descendu à l'horizon, ses rayons, brisés par les troncs des arbres, divergeaient dans les ombres de la forêt en longues gerbes lumineuses qui produisaient le plus majestueux effet. Quelquefois son disque tout entier paraissait à l'extrémité d'une avenue, et la rendait toute étincelante de lumière. Le feuillage des arbres, éclairés en dessous de ses rayons safranés, brillait des feux de la topaze et de l'émeraude ; leurs troncs mousseux et bruns paraissaient changés en colonnes de bronze antique ; et les oiseaux, déjà retirés en silence sous la sombre feuillée pour y passer la nuit, surpris de revoir une seconde aurore, saluaient tous à la fois l'astre du jour par mille et mille chansons.

La nuit nous surprenait bien souvent dans

ces fêtes champêtres ; mais la pureté de l'air et la douceur du climat nous permettaient de dormir sous un ajoupa, au milieu des bois, sans craindre d'ailleurs les voleurs, ni de près ni de loin. Chacun, le lendemain, retournait dans sa case, et la retrouvait dans l'état où il l'avait laissée. Il y avait alors tant de bonne foi et de simplicité dans cette île sans commerce, que les portes de beaucoup de maisons ne fermaient point à la clef, et qu'une serrure était un objet de curiosité pour plusieurs créoles.

Mais il y avait dans l'année des jours qui étaient, pour Paul et Virginie, des jours de plus grandes réjouissances : c'étaient les fêtes de leurs mères. Virginie ne manquait pas, la veille, de pétrir et de cuire des gâteaux de farine de froment, qu'elle envoyait à de pauvres familles de blancs, nées dans l'île, qui n'avaient jamais mangé de pain d'Europe, et qui, sans aucun secours des noirs, réduites à vivre de manioc au milieu des bois, n'avaient, pour supporter la pauvreté, ni la stupidité qui accompagne l'esclavage, ni le courage qui vient de l'éducation. Ces gâteaux étaient les seuls présents que Virginie pût faire de l'aisance de l'habitation ; mais elle y joignait une bonne grâce qui leur donnait un grand prix. D'abord, c'était Paul qui était chargé de les porter lui-même à ces familles, et elles s'engageaient, en les recevant, de venir le lendemain passer la journée chez Madame de La Tour et Marguerite. On voyait alors arriver une mère de famille avec deux ou trois misérables filles, jaunes, maigres, et si timides qu'elles n'osaient lever les yeux. Virginie les mettait bientôt à leur aise ; elle leur servait des rafraîchissements, dont elle relevait la bonté par quelque circonstance particulière qui en augmentait, selon elle, l'agrément. Cette liqueur avait été préparée par Marguerite ; cette autre par sa mère ; son frère avait cueilli lui-même ce fruit au haut d'un arbre. Elle engageait Paul à les faire danser. Elle ne les quittait point qu'elle ne les vît contentes et satisfaites : elle voulait qu'elles fussent joyeuses de la joie de sa famille. « On ne fait son bonheur, disait-elle, qu'en s'occupant de celui des autres ». Quand elles s'en retournaient, elle les engageait d'emporter ce qui paraissait leur avoir fait plaisir, couvrant la nécessité d'agréer ses présents du prétexte de leur nouveauté ou de leur singularité. Si elle remarquait trop de délabrement dans leurs habits, elle choisissait, avec l'agrément de sa mère, quelques-uns des siens, et elle chargeait Paul d'aller secrètement les déposer à la porte de leurs cases. Ainsi elle faisait le bien à l'exemple de la Divinité, cachant la bienfaitrice et montrant le bienfait.

Vous autres, Européens, dont l'esprit se remplit, dès l'enfance, de tant de préjugés contraires au bonheur, vous ne pouvez concevoir que la nature puisse donner tant de lumières et de plaisirs. Votre âme, circonscrite dans une petite sphère de connaissances humaines, atteint bientôt le terme de ses jouissances artificielles : mais la nature et le cœur sont inépuisables. Paul et Virginie n'avaient ni horloge, ni almanachs, ni livres de chronologie, d'histoire et de philosophie. Les périodes de leur vie se réglaient sur celles de la nature. Ils connaissaient les heures du jour par l'ombre des arbres ; les saisons par les temps où ils donnent leurs fleurs ou leurs fruits ; et les années, par le nombre de leurs récoltes. Ces douces images répandaient les plus grands charmes dans leurs conversations. « Il est temps de dîner, disait Virginie à la famille, les ombres des bananiers sont à leurs pieds » ; ou bien : « La nuit s'approche, les tamarins ferment leurs feuilles. — Quand viendrez-vous nous voir ? lui disaient quelques amies du voisinage. — Aux cannes à sucre, répondait Virginie. — Votre visite nous sera encore plus douce et plus agréable », reprenaient ces jeunes filles. Quand on l'interrogeait sur son âge et sur celui de Paul : « Mon frère, disait-elle, est de l'âge du grand cocotier de la fontaine, et moi de celui du plus petit. Les manguiers ont donné douze fois leurs fruits, et les orangers vingt-quatre fois leurs fleurs depuis que je suis au monde ». Leur vie semblait attachée à celle des arbres, comme celle des faunes et des dryades. Ils ne connaissent d'autres époques historiques que celles de la vie de leurs mère, d'autre chronologie que celle de leurs vergers, et d'autre philosophe que de faire du bien à tout le monde, et de se résigner à la volonté de Dieu.

Après tout, qu'avaient besoin ces jeunes gens d'être riches et savants à notre manière ? Leurs besoins et leur ignorance ajoutaient encore à leur félicité. Il n'y avait point de jour qu'ils ne se communiquassent quelques secours ou quelques lumières : oui, des lumières ; et, quand il s'y serait mêlé quelques erreurs, l'homme pur n'en a point de dangereuses à craindre. Ainsi croissaient ces deux enfants de la nature. Aucun souci n'avait ridé leur front, aucune intempérance n'avait corrompu leur sang, aucune passion malheureuse n'avait dépravé leur cœur : l'amour, l'innocence, la piété développaient chaque jour la beauté de leur âme en grâces ineffables dans leurs traits, leurs attitudes et leurs mouvements. Au matin de la vie, ils en avaient toute la fraîcheur ; tels, dans le jardin d'Eden, parurent nos premiers parents lorsque, sortant des mains de Dieu, ils se virent, s'approchèrent et conversèrent d'abord comme frère et sœur : Virginie, douce, modeste, confiante comme Eve ; et Paul, semblable à Adam, ayant la taille d'un homme, avec la simplicité d'un enfant.

Quelquefois, seul avec elle (il me l'a mille fois raconté), il lui disait, au retour de ses travaux : « Lorsque je suis fatigué, ta vue me délasse. Quand, du haut de la montagne, je t'aperçois au fond de ce vallon, tu me parais, au milieu de nos vergers, comme un bouton de rose. Si tu marches vers la maison de nos mères, la perdrix qui court avec ses petits a un corsage moins beau et une démarche moins légère. Quoique je te perde de vue à travers les arbres, je n'ai pas besoin de te voir pour te retrouver ; quelque chose de toi que je ne puis te dire reste pour moi dans l'air où tu passes, sur l'herbe où tu t'assieds. Lorsque je t'approche, tu ravis tous mes sens. L'azur du ciel est moins beau que le bleu de tes yeux ; le chant des bengalis, moins doux que le son de ta voix. Si je te touche seulement du bout du doigt, tout mon corps frémit de plaisir. Souviens-toi du jour où nous passâmes à travers les cailloux roulants de la rivière des Trois-Mamelles. En arrivant sur ses bords, j'étais déjà bien fatigué ; mais, quand je t'eus prise sur mon dos, il me semblait que j'avais des ailes comme un oiseau. Dis-moi par quel charme tu as pu m'enchanter. Est-ce par ton esprit ? mais nos mères en ont plus que nous deux. Est-ce par tes caresses ? mais elles m'embrassent plus souvent que toi. Je crois que c'est par ta bonté. Je n'oublierai jamais que tu as marché nu-pieds jusqu'à la Rivière-Noire, pour demander la grâce d'une esclave fugitive. Tiens, ma bien-aimée, prends cette branche fleurie de citronnier que j'ai cueillie dans la forêt ; tu la mettras, la nuit, près de ton lit. Mange ce rayon de miel ; je l'ai pris pour toi au haut d'un rocher. Mais auparavant, repose-toi sur mon sein, et je serai délassé ».

Virginie lui répondait : « O mon frère ! les rayons de soleil, au haut de ces rochers, me donnent moins de joie que ta présence. J'aime bien ma mère, j'aime bien la tienne ; mais, quand elles t'appellent mon fils, je les aime encore davantage. Les caresses qu'elles te font me sont plus sensibles que celles que j'en reçois. Tu me demandes pourquoi tu m'aimes ; mais tout ce qui a été élevé ensemble s'aime. Vois nos oiseaux : élevés dans les mêmes nids, ils s'aiment comme nous ; ils sont toujours ensemble comme nous. Ecoute comme ils s'appellent et se répondent d'un arbre à l'autre : de même, quand l'écho me fait entendre les airs que tu joues sur la flûte au haut de la montagne, j'en répète les paroles au fond de ce vallon. Tu m'es cher, surtout depuis le jour où tu voulais te battre pour moi contre le maître de l'esclave. Depuis ce temps-là, je me suis dit bien des fois : Ah ! mon frère a un bon cœur ; sans lui je serais morte d'effroi. Je prie Dieu tous les jours pour ma mère, pour la tienne, pour toi, pour nos pauvres serviteurs ; mais quand je prononce ton nom, il me semble que ma dévotion augmente. Je demande si instamment à Dieu qu'il ne t'arrive aucun mal ! Pourquoi vas-tu si loin et si haut me chercher des fruits et des fleurs ? N'en avons-nous pas assez dans le jardin ? Comme te voilà fatigué ! Tu es tout en nage ». Et avec son petit mouchoir blanc elle lui essuyait le front et les joues, et elle lui donnait plusieurs baisers.

Cependant, depuis quelque temps, Virginie se sentait agitée d'un mal inconnu. Ses beaux yeux bleus se marbraient de noir ; son teint jaunissait ; une langueur universelle abattait son corps. La sérénité n'était plus sur son front, ni le sourire sur ses lèvres. On la voyait tout à coup gaie et sans joie, et triste sans chagrin. Elle fuyait ses jeux innocents, ses doux travaux et la société de sa famille bien-aimée ; elle errait çà et là dans les lieux les plus solitaires de l'habitation, cherchant partout du repos, et ne le trouvant nulle part. Quelquefois, à la vue de Paul, elle allait vers lui en folâtrant ; puis tout à coup, près de l'aborder, un embarras subit la saisissait ; un rouge vif colorait ses joues pâles, et ses yeux n'osaient plus s'arrêter sur les siens. Paul lui disait : « La verdure couvre ces rochers, nos oiseaux chantent quand ils te voient : tout est gai autour de toi, toi seule est triste ». Et il cherchait à la ranimer en l'embrassant ; mais elle détournait la tête, et fuyait tremblante vers sa mère. L'infortunée se sentait troublée par les caresses de son frère. Paul ne comprenait rien à des caprices si nouveaux et si étranges. Un mal n'arrive guère seul.

Un de ces étés qui désolent de temps à autre les terres situées entre les tropiques vint étendre ici ses ravages. C'était vers la fin de décembre, lorsque le soleil au Capricorne échauffe pendant trois semaines l'île de France de ses feux verticaux. Le vent du sud-est, qui y règne presque toute l'année, n'y soufflait plus. De longs tourbillons de poussière s'élevaient sur les chemins, et restaient suspendus en l'air. La terre se fendait de toutes parts : l'herbe était brûlée ; des exhalations chaudes sortaient du flanc des montagnes, et la plupart de leurs ruisseaux étaient desséchés. Aucun nuage ne venait du côté de la mer. Seulement pendant le jour, des vapeurs rousses s'élevaient de dessus ses plaines, et paraissaient, au coucher du soleil, comme les flammes d'un incendie. La nuit même n'apportait aucun rafraîchissement à l'atmosphère embrasée. L'orbe de la lune, tout rouge, se levait dans un horizon embrumé, d'une grandeur démesurée. Les troupeaux, abattus sur les flancs des collines, le cou tendu vers le ciel, aspirant l'air, faisaient retentir les vallons de tristes mugissements. Le Cafre même qui les conduisait se couchait sur la terre pour y trouver de la fraîcheur ; mais partout le sol était brûlant, et l'air étouffant retentissait du bourdonnement des insectes qui cherchaient à se désaltérer dans le sang des hommes et des animaux.

Dans une de ces nuits ardentes, Virginie sentit redoubler tous les symptômes de son mal. Elle se levait, elle s'asseyait, elle se recouchait, et ne trouvait dans aucune attitude ni le sommeil ni le repos. Elle s'achemine, à la clarté de la lune, vers sa fontaine. Elle en aperçoit la source, qui, malgré la sécheresse, coulait encore en filets d'argent sur les flancs bruns du rocher. Elle se plonge dans son bassin. D'abord la fraîcheur ranime ses sens, et mille souvenirs agréables se présentent à son esprit. Elle se rappelle que, dans son enfance, sa mère et

Marguerite s'amusaient à la baigner avec Paul dans ce même lieu ; que Paul ensuite, réservant ce bain pour elle, en avait creusé le lit, couvert le fond de sable, et semé sur ses bords des herbes aromatiques. Elle entrevoit dans l'eau, sur ses bras nus et sur son sein, les reflets des deux palmiers plantés à la naissance de son frère et à la sienne, qui entrelaçaient au-dessus de sa tête leurs rameaux verts et leurs jeunes cocos. Elle pense à l'amitié de Paul, plus douce que les parfums, plus pure que l'eau des fontaines, plus forte que les palmiers unis ; et elle soupire. Elle songe à la nuit, à la solitude ; et un feu dévorant la saisit. Aussitôt elle sort, effrayée de ces dangereux ombrages, et de ces eaux plus brûlantes que les soleils de la zone torride. Elle court auprès de sa mère chercher un appui contre elle-même. Plusieurs fois, voulant lui raconter ses peines, elle lui pressa les mains dans les siennes ; plusieurs fois elle fut près de prononcer le nom de Paul, mais son cœur oppressé laissa sa langue sans expression ; et posant sa tête sur le sein maternel, elle ne put que l'inonder de ses larmes.

Madame de La Tour pénétrait bien la cause du mal de sa fille ; mais elle n'osait elle-même lui en parler. « Mon enfant, lui disait-elle, adresse-toi à Dieu, qui dispose à son gré de la santé et de la vie. Il t'éprouve aujourd'hui pour te récompenser demain. Songe que nous ne sommes sur la terre que pour exercer la vertu ».

Cependant ces chaleurs excessives élevèrent de l'Océan des vapeurs qui couvrirent l'île comme un vaste parasol. Les sommets des montagnes les rassemblaient autour d'eux, et de longs sillons de feux sortaient de temps en temps de leurs pitons embrumés. Bientôt les tonnerres affreux firent retentir de leurs éclats les bois, les plaines et les vallons ; des pluies épouvantables, semblables à des cataractes, tombèrent du ciel. Des torrents écumeux se précipitaient le long des flancs de cette montagne : le fond de ce bassin était devenu une mer ; le plateau où sont assises les cabanes, une petite île ; et l'entrée de ce vallon une écluse par où sortaient pêle-mêle, avec les eaux mugissantes, les terres, les arbres et les rochers.

Toute la famille tremblante priait Dieu dans la case de Madame de La Tour, dont le toit craquait horriblement par l'effort des vents. Quoique la porte et les contrevents en fussent bien fermés, tous les objets s'y distinguaient à travers les jointures de la charpente, tant les éclairs étaient vifs et fréquents. L'intrépide Paul, suivi de Domingue, allait d'une case à

l'autre, malgré la fureur de la tempête, assurant ici une paroi avec un arc-boutant, et enfonçant là un pieu ; il ne rentrait que pour
consoler la famille par l'espoir prochain du
retour du beau temps. En effet, sur le soir, la
pluie cessa ; le vent alizé du sud-est reprit son
cours ordinaire ; les nuages orageux furent
jetés vers le nord-ouest, et le soleil couchant
parut à l'horizon.

Le premier désir de Virginie fut de revoir le
lieu de son repos. Paul s'approcha d'elle d'un
air timide, et lui présenta son bras pour l'aider
à marcher. Elle l'accepta en souriant, et ils
sortirent ensemble de la case. L'air était frais
et sonore. Des fumées blanches s'élevaient sur
les croupes de la montagne sillonnée çà et là
de l'écume des torrents qui tarissaient de tous
côtés. Pour le jardin, il était tout bouleversé par
d'affreux ravins ; la plupart des arbres fruitiers
avaient leurs racines en haut ; de grands amas
de sable couvraient les lisières des prairies, et
avaient comblé le bain de Virginie. Cependant les
deux cocotiers étaient debout et bien ver-
doyants ; mais il n'y avait plus aux environs ni
gazons, ni berceaux, ni oiseaux, excepté quelques bengalis, qui, sur la pointe des rochers
voisins, déploraient par des chants plaintifs la
perte de leurs petits.

A la vue de cette désolation, Virginie dit à

Paul : « Vous aviez apporté ici des oiseaux, l'ouragan les a tués. Vous aviez planté ce jardin, il est détruit. Tout périt sur la terre ; il n'y a que le ciel qui ne change point ». Paul lui répondit : « Que ne puis-je vous donner quelque chose du ciel ! mais je ne possède rien, même sur la terre ». Virginie reprit en rougissant : « Vous avez à vous le portrait de saint Paul ». A peine eut-elle parlé, qu'il courut le chercher dans la case de sa mère. Ce portrait était une petite miniature, représentant l'ermite Paul : Marguerite y avait une grande dévotion. Elle l'avait porté longtemps suspendu à son cou étant fille ; ensuite, devenue mère, elle l'avait mis à celui de son enfant. Il était même arrivé qu'étant enceinte de lui, et délaissée de tout le monde, à force de contempler l'image de ce bienheureux solitaire, son fruit en avait contracté quelque ressemblance, ce qui l'avait décidée à lui en faire porter le nom, et à lui donner pour patron un saint qui avait passé sa vie loin des hommes, qui l'avaient elle-même abusée, puis abandonnée. Virginie, en recevant ce petit portrait des mains de Paul, lui dit d'un ton ému : « Mon frère, il ne me sera jamais enlevé tant que je vivrai, et je n'oublierai jamais que tu m'as donné la seule chose que tu possèdes au monde ». A ce ton d'amitié, à ce retour inespéré de familiarité et de tendresse, Paul voulut l'embrasser ; mais aussi légère qu'un oiseau, elle lui échappa, et le laissa hors de lui, ne concevant rien à une conduite si extraordinaire.

Cependant Marguerite disait à Madame de La Tour : « Pourquoi ne marions-nous pas nos enfants ? ils ont l'un pour l'autre une passion extrême, dont mon fils ne s'aperçoit pas encore. Lorsque la nature lui aura parlé, en vain nous veillons sur eux, tout est à craindre ». Madame de La Tour lui répondit : « Ils sont trop jeunes et trop pauvres. Quel chagrin pour nous si Virginie mettait au monde des enfants malheureux, qu'elle n'aurait peut-être pas la force d'élever ! Ton noir Domingue est bien cassé ; Marie est infirme. Moi-même, chère amie, depuis quinze ans je me sens fort affaiblie. On vieillit promptement dans les pays chauds, et encore plus vite dans le chagrin. Paul est notre unique espérance. Attendons que l'âge ait formé son tempérament, et qu'il puisse nous soutenir par son travail. A présent, tu le sais, nous n'avons guère que le nécessaire de chaque jour. Mais en faisant passer Paul dans l'Inde pour un peu de temps, le commerce lui fournira de quoi acheter quelques esclaves ; et, à son retour ici, nous le marierons à Virginie ; car je crois que personne ne peut rendre ma chère fille aussi heureuse que ton fils Paul. Nous en parlerons à notre voisin ».

En effet, ces dames me consultèrent, et je fus

de leur avis. « Les mers de l'Inde sont belles, leur dis-je. En prenant une saison favorable pour passer d'ici aux Indes, c'est un voyage de six semaines au plus, et d'autant de temps pour en revenir. Nous ferons dans notre quartier une pacotille à Paul ; car j'ai des voisins qui l'aiment beaucoup. Quand nous ne lui donnerions que du coton brut, dont nous ne faisons aucun usage, faute de moulin pour l'éplucher ; du bois d'ébène, si commun ici qu'il sert au chauffage, et quelques résines qui se perdent dans nos bois : tout cela se vend assez bien aux Indes, et nous est fort inutile ici ».

Je me chargerai de demander à M. de La Bourdonnaye une permission d'embarquement pour ce voyage ; et, avant tout, je voulus en prévenir Paul. Mais quel fut mon étonnement lorsque ce jeune homme me dit, avec un bon sens fort au-dessus de son âge : « Pourquoi voulez-vous que je quitte ma famille pour je ne sais quel projet de fortune ? Y a-t-il un commerce au monde plus avantageux que la culture d'un champ qui rend quelquefois cinquante et cent pour un ? Si nous voulons faire le commerce, ne pouvons-nous pas le faire en portant le superflu d'ici à la ville, sans que j'aille courir les Indes ? Nos mères me disent que Domingue est vieux et cassé ; mais moi, je suis jeune, et me renforce chaque jour. Il n'a qu'à leur arriver pendant mon absence quelque accident, surtout à Virginie, qui est déjà souffrante. Oh ! non, non, je ne saurais me résoudre à la quitter ».

Sa réponse me jeta dans un grand embarras ; car Madame de La Tour ne m'avait pas caché l'état de Virginie, et le désir qu'elle avait de gagner quelques années sur l'âge de ces jeunes gens, en les éloignant l'un de l'autre. C'étaient des motifs que je n'osais pas même faire soupçonner à Paul.

Sur ces entrefaites, un vaisseau arrivé de France apporta à Madame de La Tour une lettre de sa tante. La crainte de la mort, sans laquelle les cœurs durs ne seraient jamais sensibles, l'avait frappée. Elle mandait à sa nièce de repasser en France, ou, si sa santé ne lui permettait pas de faire un si long voyage, elle lui enjoignait d'y envoyer Virginie, à laquelle elle destinait une bonne éducation, un parti à la cour, et la donation de tous ses biens. Elle attachait, disait-elle, le retour de ses bontés à l'exécution de ses ordres.

A peine cette lettre fut-elle lue dans la famille, qu'elle y répandit la consternation. Domingue et Marie se mirent à pleurer. Paul, immobile d'étonnement, paraissait prêt à se mettre en colère. Virginie, les yeux fixés sur sa mère, n'osait proférer un mot. « Pourriez-vous nous quitter maintenant ? dit Marguerite à Madame de La Tour. —

Non, mon amie ; non, mes enfants, reprit Madame de La Tour ; je ne vous quitterai point. J'ai vécu avec vous, et c'est avec vous que je veux mourir. Je n'ai connu le bonheur que dans votre amitié. Si ma santé est dérangée, d'anciens chagrins en sont la cause. J'ai été blessée au cœur par la dureté de mes parents et par la perte de mon cher époux. Mais depuis j'ai goûté plus de consolation et de félicité avec vous, sous ces pauvres cabanes, que jamais les richesses de ma famille ne m'en ont fait même espérer dans ma patrie ».

A ces discours, des larmes de joie coulèrent de tous les yeux. Paul, serrant Madame de La Tour dans ses bras, lui dit : « Je ne vous quitterai plus : je n'irai point aux Indes. Nous travaillerons tous pour vous, chère maman ; rien ne vous manquera jamais avec nous ». Mais, de toute la société, la personne qui témoigna le moins de joie, et qui y fut la plus sensible, fut Virginie. Elle parut le reste du jour d'une gaieté douce, et le retour de sa tranquillité mit le comble à la satisfaction générale.

Le lendemain, au lever du soleil, comme ils venaient de faire tous ensemble, suivant leur coutume, la prière qui précédait le déjeuner, Domingue les avertit qu'un monsieur à cheval, suivi de deux esclaves, s'avançait vers l'habitation. C'était M. de La Bourdonnaye. Il entra dans la case, où toute la famille était à table. Virginie venait de servir, suivant l'usage du pays, du café et du riz cuit à l'eau. Elle y avait joint des patates chaudes et des bananes fraîches. Il y avait pour toute vaisselle des moitiés de calebasses, et pour linge des feuilles de bananier. Le gouverneur témoigna d'abord quelque étonnement de la pauvreté de cette demeure. Ensuite, s'adressant à Madame de La Tour, il lui dit que les affaires générales l'empêchaient quelquefois de songer aux particulières, mais qu'elle avait bien des droits sur lui. « Vous avez, ajouta-t-il, Madame, une tante de qualité et fort riche à Paris, qui vous réserve une fortune, et vous attend auprès d'elle ». Madame de La Tour répondit que sa santé altérée ne lui permettait pas d'entreprendre un si long voyage.

« Au moins, reprit M. de La Bourdonnaye, pour mademoiselle votre fille, si jeune et si aimable, vous ne sauriez sans injustice la priver d'une si grande succession. Je ne vous cache pas que votre tante a employé l'autorité pour la faire venir auprès d'elle. Les bureaux m'ont écrit à ce sujet d'user, s'il le fallait, de mon pouvoir ; mais, ne l'exerçant que pour rendre heureux les habitants de cette colonie, j'attends de votre volonté seule un sacrifice de quelques années, d'où dépend l'établissement de votre fille, et le bien-être de toute votre vie. Pourquoi vient-on aux îles ? n'est-ce pas pour y faire fortune ? N'est-il pas bien plus agréable de l'aller retrouver dans sa patrie » ?

En disant ces mots, il posa sur la table un gros sac de piastres que portait un de ses noirs. « Voilà, ajouta-t-il, ce qui est destiné aux prépatifs de voyage de mademoiselle votre fille, de la part de votre tante ». Ensuite il finit par reprocher avec bonté à Madame de La Tour de ne s'être pas adressée à lui dans ses besoins, en la louant cependant de son noble courage. Paul aussitôt prit la parole et dit au gouverneur : « Monsieur, ma mère s'est adressée à vous et vous l'avez mal reçue. — Avez-vous un autre enfant, Madame ? dit M. de La Bourdonnaye à Madame de La Tour. — Non, Monsieur, reprit-elle, celui-ci est le fils de mon amie ; mais lui et Virginie nous sont communs, et également chers. — Jeune homme, dit le gouverneur à Paul, quand vous aurez acquis l'expérience du monde, vous connaîtrez le malheur des gens en place ; vous saurez combien il est facile de les prévenir, combien aisément ils donnent au vice intrigant ce qui appartient au mérite qui se cache ».

M. de La Bourdonnaye, invité par Madame de La Tour, s'assit à table auprès d'elle. Il déjeuna, à la manière des créoles, avec du café mêlé avec du riz cuit à l'eau. Il fut charmé de l'ordre et de la propreté de la petite case, de l'union de ces deux familles charmantes, et du zèle même de leurs vieux domestiques. « Il n'y a, dit-i!, ici, que des meubles de bois ; mais on y trouve des visages sereins et des cœurs d'or ». Paul, charmé de la popularité du gouverneur, lui dit : « Je désire être votre ami, car vous êtes un honnête homme ». M. de La Bourdonnaye reçut avec plaisir cette marque de cordialité insulaire. Il embrassa Paul en lui serrant la main, et l'assura qu'il pouvait compter sur son amitié.

Après déjeuner, il prit Madame de la Tour en particulier, et lui dit qu'il se présentait une occasion prochaine d'envoyer sa fille en France sur un vaisseau prêt à partir ; qu'il la recommanderait à une dame de ses parentes qui y était passagère ; qu'il fallait bien se garder d'abandonner une fortune immense pour une satisfaction de quelques années. « Votre tante, ajouta-t-il en s'en allant, ne peut pas traîner plus de deux ans, ses amis me l'ont mandé. Songez-y bien. La fortune ne vient pas tous les jours. Consultez-vous. Tous les gens de bon sens seront de mon avis ». Elle lui répondit « que ne désirant désormais d'autre bonheur dans le monde que celui de sa fille, elle laisserait son départ pour la France entièrement à sa disposition ».

Madame de La Tour n'était pas fâchée de trouver une occasion de séparer pour quelque temps

Virginie et Paul, en procurant un jour leur bonheur mutuel. Elle prit donc sa fille à part, et lui dit : « Mon enfant, nos domestiques sont vieux ; Paul est bien jeune, Marguerite vient sur l'âge ; je suis déjà infirme : si j'allais mourir, que deviendriez-vous, sans fortune, au milieu de ces déserts ? Vous resteriez donc seule, n'ayant personne qui puisse vous être d'un grand secours, et obligée, pour vivre, de travailler sans cesse à la terre comme une mercenaire ? Cette idée me pénètre de douleur ». Virginie lui répondit : « Dieu nous a condamnés au travail. Vous m'avez appris à travailler et à le bénir chaque jour. Jusqu'à présent, il ne nous a pas abandonnés, il ne nous abandonnera point encore. Sa providence veille particulièrement sur les malheureux. Vous me l'avez dit tant de fois, ma mère ! Je ne saurais me résoudre à vous quitter ». Madame de La Tour, émue, reprit : « Je n'ai d'autre projet que de te rendre heureuse, et de te marier un jour avec Paul, qui n'est point ton frère. Songe maintenant que sa fortune dépend de toi ».

Une jeune fille qui aime croit que tout le monde l'ignore. Elle met sur ses yeux le voile qu'elle a sur son cœur ; mais, quand il est soulevé par une main amie, alors les peines secrètes de son amour s'échappent comme par une barrière ouverte, et les doux épanchements de la confiance succèdent aux réserves et aux mystères dont elle s'environnait. Virginie, sensible aux nouveaux témoignages de bonté de sa mère, lui raconta quels avaient été ses combats, qui n'avaient eu d'autres témoins que Dieu seul ; qu'elle voyait le secours de sa providence dans celui d'une mère tendre qui approuvait son inclination et qui la dirigeait par ses conseils ; que maintenant, appuyée de son support, tout l'engageait à rester auprès d'elle, sans inquiétude pour le présent et sans crainte pour l'avenir.

Madame de La Tour, voyant que sa confidence avait produit un effet contraire à celui qu'elle en attendait, lui dit : « Mon enfant, je ne veux point te contraindre ; délibère à ton aise, mais cache ton amour à Paul. Quand le cœur d'une fille est pris, son amant n'a plus rien à lui demander ».

Vers le soir, comme elle était seule avec Virginie, il entra chez elle un grand homme vêtu d'une soutane bleue. C'était un ecclésiastique missionnaire de l'île, et confesseur de Madame de La Tour et de Virginie. Il était envoyé par le gouverneur : « Mes enfants, dit-il en entrant, Dieu soit loué ! vous voilà riches. Vous pourrez écouter votre bon cœur, faire du bien aux pauvres. Je sais ce que vous a dit M. de La Bourdonnaye, et ce que vous lui avez répondu. Bonne maman, votre santé vous oblige de rester ici ; mais vous, jeune demoiselle, vous n'avez point d'excuse. Il faut obéir à la Providence, à nos vieux parents, même injustes. C'est un sacrifice, mais c'est l'ordre de Dieu. Il s'est dévoué pour nous : il faut, à son exemple, se dévouer pour le bien de sa famille. Votre voyage en France aura une fin heureuse. Ne voulez-vous pas bien y aller, ma chère demoiselle » ?

Virginie, les yeux baissés, répondit en tremblant : « Si c'est l'ordre de Dieu, je ne m'oppose à rien. Que la volonté de Dieu soit faite » ! dit-elle en pleurant.

Le missionnaire sortit, et fut rendre compte au gouverneur du succès de sa commission. Cependant Madame de la Tour m'envoya prier par Domingue de passer chez elle pour me consulter sur le départ de Virginie. Je ne fus point du tout d'avis qu'on la laissât partir. Je tiens pour principe certain du bonheur qu'il faut préférer les avantages de la nature à tous ceux de la fortune, et que nous ne devons point aller chercher hors de chez nous ce que nous pouvons trouver chez nous. J'étends ces maximes à tout, sans exception. Mais que pouvaient mes conseils de modération contre les illusions d'une grande fortune, et mes raisons naturelles contre les préjugés du monde et une autorité sacrée pour Madame de La Tour ? Cette dame ne me consulta donc que par bienséance, et elle ne délibéra plus depuis la décision de son confesseur. Marguerite même, qui, malgré les avantages qu'elle espérait pour son fils de la fortune de Virginie, s'était opposée fortement à son départ, ne fit plus d'objections. Pour Paul, qui ignorait le parti auquel on se déterminait, étonné des conversations secrètes de Madame de La Tour et de sa fille, il s'abandonnait à une tristesse sombre. « On trame quelque chose contre moi, dit-il, puisqu'on se cache de moi ».

Cependant, le bruit s'étant répandu dans l'île que la fortune avait visité ces rochers, on y vit grimper des marchands de toute espèce. Ils déployèrent, au milieu de ces pauvres cabanes, les plus riches étoffes de l'Inde ; de superbes basins de Goudelour, des mouchoirs de Paliacate et de Mazulipatan, des mousselines de Daca, unies, rayées, brodées, transparentes comme le jour, des baftas de Surate d'un si beau blanc, des chittes de toutes couleurs et des plus rares, à fond sablé et à rameaux verts. Ils déroulèrent de magnifiques étoffes de soie de la Chine, des lampas découpés à jour, des damas d'un blanc satiné, d'autres d'un vert de prairie, d'autres d'un rouge à éblouir ; des taffetas roses, des satins à pleine main, des pékins moelleux comme le drap, des nankins blancs et jaunes, et jusqu'à des pagnes de Madagascar.

Madame de La Tour voulut que sa fille achetât tout ce qui lui ferait plaisir ; elle veilla seulement sur le prix et les qualités des marchandises, de peur que les marchands ne la trompassent. Virginie choisit tout ce qu'elle crut être agréable à sa mère, à Marguerite et à son fils. « Ceci, disait-elle, était bon pour des meubles, cela pour l'usage de Marie et de Domingue ». Enfin le sac de piastres était employé, qu'elle n'avait pas encore songé à ses besoins. Il fallut lui faire son partage sur les présents qu'elle avait distribués à la société.

Paul, pénétré de douleur à la vue de ces dons de la fortune, qui lui présageaient le départ de Virginie, s'en vint quelques jours après chez moi. Il me dit d'un air accablé : « Ma sœur s'en va ; elle fait déjà les apprêts de son voyage. Passez chez nous, je vous prie. Employez votre crédit sur l'esprit de sa mère et de la mienne pour la retenir ». Je me rendis aux instances de Paul, quoique bien persuadé que mes représentations seraient sans effet.

Si Virginie m'avait paru charmante en toile bleue du Bengale, avec un mouchoir rouge autour de sa tête, ce fut encore tout autre chose quand je la vis parée à la manière des dames de ce pays. Elle était vêtue de mousseline blanche doublée de taffetas rose. Sa taille légère et élevée se dessinait parfaitement sous son corset, et ses cheveux blonds, tressés à double tresse, accompagnaient admirablement sa tête virginale. Ses beaux yeux bleus étaient remplis de mélancolie, et son cœur, agité par une passion combattue, donnait à son teint une couleur animée, et à sa voix des sons pleins d'émotion. Le contraste même de sa parure élégante, qu'elle semblait porter malgré elle, rendait sa langueur encore plus touchante. Personne ne pouvait la voir ni l'entendre sans se sentir ému. La tristesse de Paul en augmenta. Marguerite, affligée de la situation de son fils, lui dit en particulier : « Pourquoi, mon fils, te nourrir de fausses espérances, qui rendent les privations encore plus amères ? Il est temps que je te découvre le secret de ta vie et de la mienne. Mademoiselle de La Tour appartient, par sa mère, à une parente riche et de grande condition : pour toi, tu n'es que le fils d'une pauvre paysanne, et, qui pis est, tu es bâtard ».

Ce mot de bâtard étonna beaucoup Paul. Il ne l'avait jamais ouï prononcer ; il en demanda la signification à sa mère, qui lui répondit : « Tu n'as point eu de père légitime. Lorsque j'étais fille, l'amour me fit commettre une faiblesse dont tu as été le fruit. Ma faute t'a privé de ta famille paternelle, et mon repentir de ta famille maternelle. Infortuné, tu n'as d'autres parents que moi seule dans le monde » ! Et elle se mit à répandre des larmes. Paul, la serrant dans ses

bras, lui dit : « O ma mère ! puisque je n'ai
d'autres parents que vous dans le monde, je vous
en aimerai davantage. Mais quel secret venez-
vous de me révéler ! Je vois maintenant la raison
qui éloigne de moi Mademoiselle de La Tour depuis deux mois, et qui la décide aujourd'hui à
partir. Ah ! sans doute, elle me méprise ».

Cependant, l'heure du souper étant venue, on
se mit à table, où chacun des convives, agité de
passions différentes, mangea peu, et ne parla
point. Virginie en sortit la première, et fut s'asseoir au lieu où nous sommes. Paul la suivit bientôt après, et vint se mettre auprès d'elle. L'un et
l'autre gardèrent quelque temps un profond silence. Il faisait une de ces nuits délicieuses, si
communes entre les tropiques, et dont le plus ha-
bile pinceau ne rendrait pas la beauté. La lune
paraissait au milieu du firmament, entourée
d'un rideau de nuages, que ses rayons dissi-
paient par degrés. Sa lumière se répandait insensiblement sur les montagnes de l'île et sur leurs
pitons, qui brillaient d'un vert argenté. Les vents
retenaient leurs haleines. On entendait dans les
bois, au fond des vallées, au haut des rochers, de
petits cris, de doux murmures d'oiseaux qui se
caressaient dans leurs nids, réjouis par la clarté
de la nuit et la tranquillité de l'air. Tous, jusqu'aux insectes, bruissaient sous l'herbe. Les
étoiles étincelaient au ciel, et se réfléchissaient

au sein de la mer, qui répétait leurs images trem-
blantes. Virginie parcourait avec des regards
distraits son vaste et sombre horizon, distingué du
rivage de l'île par les feux rouges des pêcheurs.
Elle aperçut à l'entrée du port une lumière et une
ombre : c'était le fanal et le corps du vaisseau
où elle devait s'embarquer pour l'Europe, et qui,
prêt à mettre à la voile, attendait à l'ancre la fin
du calme. A cette vue, elle se troubla, et détourna
la tête pour que Paul ne la vît pas pleurer.

Madame de La Tour, Marguerite et moi, nous
étions assis à quelques pas de là, sous des bananiers ; et, dans le silence de la nuit, nous entendîmes distinctement leur conversation, que je
n'ai pas oubliée.

Paul lui dit : « Mademoiselle, vous partez, dit-
on, dans trois jours. Vous ne craignez pas de
vous exposer aux dangers de la mer... de la mer,
dont vous êtes si effrayée ! — Il faut, répondit
Virginie, que j'obéisse à mes parents, à mon
devoir. — Vous nous quittez, reprit Paul, pour
une parente éloignée que vous n'avez jamais
vue ! — Hélas ! dit Virginie, je voulais rester ici
toute ma vie ; ma mère ne l'a pas voulu. Mon
confesseur m'a dit que la volonté de Dieu était que
je partisse ; que la vie était une épreuve... Oh !
c'est une épreuve bien dure !

« — Quoi ! repartit Paul, tant de raisons vous
ont décidée, et aucune ne vous a retenue ! Ah ! il

en est encore que vous ne me dites pas. La richesse a de grands attraits. Vous trouverez bientôt, dans un nouveau monde, à qui donner le nom de frère, que vous ne me donnez plus. Vous le choisirez, ce frère, parmi les gens dignes de vous par une naissance et une fortune que je ne puis vous offrir. Mais, pour être plus heureuse, où voulez-vous aller ? Dans quelle terre aborderez-vous qui vous soit plus chère que celle où vous êtes née ? Où trouverez-vous une société plus aimable que celle qui vous aime ? Comment vivrez-vous sans les caresses de votre mère, auxquelles vous êtes si accoutumée ? Que deviendrat-elle elle-même, déjà sur l'âge, lorsqu'elle ne vous verra plus à ses côtés, à la table, dans la maison, à la promenade, où elle s'appuyait sur vous ? Que deviendra la mienne, qui vous chérit autant qu'elle ! Que leur dirai-je à l'une et à l'autre quand je les verrai pleurer de votre absence ? Cruelle ! je ne vous parle point de moi : mais que deviendrai-je moi-même quand, le matin, je ne vous verrai plus avec nous, et que la nuit viendra sans nous réunir ? quand j'apercevrai ces deux palmiers plantés à notre naissance, et si longtemps témoins de notre amitié mutuelle ? Ah ! puisqu'un nouveau sort te touche, que tu cherches d'autres pays que ton pays natal, d'autres biens que ceux de mes travaux, laisse-moi t'accompagner sur le vaisseau où tu pars. Je te rassurerai dans les tempêtes, qui te donnent tant d'effroi sur la terre. Je reposerai ta tête sur mon sein, je réchaufferai ton cœur contre mon cœur ; et en France où tu vas chercher de la fortune et de la grandeur, je te servirai comme ton esclave. Heureux de ton seul bonheur, dans ces hôtels où je te verrai servie et adorée, je serai encore assez riche et assez noble pour te faire le plus grand des sacrifices, en mourant à tes pieds ».

Les sanglots étouffèrent sa voix, et nous entendîmes aussitôt celle de Virginie, qui lui disait ces mots entrecoupés de soupirs : « C'est pour toi que je pars... pour toi, que j'ai vu chaque jour courbé par le travail pour nourrir deux familles infirmes. Si je me suis prêtée à l'occasion de devenir riche, c'est pour te rendre mille fois le bien que tu nous as fait. Est-il une fortune digne de ton amitié ? Que me dis-tu de ta naissance ? Ah ! s'il m'était encore possible de me donner un frère, en choisirais-je un autre que toi ? O Paul ! ô Paul ! tu m'es beaucoup plus cher qu'un frère. Combien m'en a-t-il coûté pour te repousser loin de moi ! Je voulais que tu m'aidasses à me séparer de moi-même jusqu'à ce que le ciel pût bénir notre union. Maintenant je reste, je pars, je vis, je meurs : fais de moi ce que tu veux. Fille sans vertu ! j'ai pu résister à tes caresses, et je ne puis soutenir ta douleur » !

A ces mots, Paul la saisit dans ses bras, et, la tenant étroitement serrée, il s'écria d'une voix terrible : « Je pars avec elle ! rien ne pourra m'en détacher » ! Nous courûmes tous à lui. Madame de La Tour lui dit : « Mon fils, si vous nous quittez, qu'allons-nous devenir » ?

Il répéta en tremblant ces mots : « Mon fils... mon fils... Vous, ma mère ! lui dit-il, vous qui séparez le frère d'avec la sœur ! Tous deux nous avons sucé votre lait ; tous deux, élevés sur vos genoux, nous avons appris de vous à nous aimer ; tous deux nous nous le sommes dit mille fois. Et maintenant vous l'éloignez de moi ! Vous l'envoyez en Europe, dans ce pays barbare qui vous a refusé un asile, et chez des parents cruels qui vous ont vous-même abandonnée. Vous me direz : Vous n'avez plus de droits sur elle ; elle n'est pas votre sœur. Elle est tout pour moi, ma richesse, ma famille, ma naissance, tout mon bien. Je n'en connais plus d'autre. Nous n'avons eu qu'un toit, qu'un berceau, nous n'aurons qu'un tombeau. Si elle part, il faut que je la suive. Le gouverneur m'en empêchera ? M'empêchera-t-il de me jeter à la mer ? Je la suivrai à la nage. La mer ne saurait m'être plus funeste que la terre. Ne pouvant vivre ici près d'elle, au moins je mourrai sous ses yeux, loin de vous. Mère barbare ! femme sans pitié ! puisse cet Océan où vous l'exposez ne jamais vous la rendre ! puissent ces flots vous rapporter mon corps, et le roulant avec le sien parmi les cailloux de ces rivages, vous donner par la perte de vos deux enfants un sujet éternel de douleur ».

A ces mots, je le saisis dans mes bras ; car le désespoir lui ôtait la raison. Ses yeux étincelaient ; la sueur coulait à grosses gouttes sur son visage en feu ; ses genoux tremblaient, et je sentais dans sa poitrine brûlante son cœur battre à coups redoublés.

Virginie, effrayée, lui dit : « O mon ami ! j'atteste les plaisir de notre premier âge, tes maux, les miens, et tout ce qui doit lier à jamais deux infortunés, si je reste, de ne vivre que pour toi ; si je pars, de revenir un jour pour être à toi. Je vous prends à témoin, vous tous qui avez élevé mon enfance, qui disposez de ma vie, et qui voyez mes larmes. Je le jure par ce ciel qui m'entend, par cette mer que je dois traverser, par l'air que je respire et que je n'ai jamais souillé du mensonge ».

Comme le soleil fond et précipite un rocher de glace du sommet des Apennins, ainsi tomba la colère impétueuse de ce jeune homme à la voix de l'objet aimé. Sa tête altière était baissée, et un torrent de pleurs coulait de ses yeux. Sa mère, mêlant ses larmes aux siennes, le tenait embrassé sans pouvoir parler. Madame de La Tour, hors d'elle, me dit : « Je n'y puis tenir ; mon âme est déchirée. Ce malheureux voyage n'aura pas lieu. Mon voisin, tâchez d'emmener mon fils. Il y a huit jours que personne ici n'a dormi ».

Je dis à Paul : « Mon ami, votre sœur restera. Demain nous en parlerons au gouverneur ; laissez reposer votre famille, et venez passer cette nuit chez moi. Il est tard, il est minuit ; la croix du sud est droite sur l'horizon ».

Il se laissa emmener sans rien dire, et après une nuit fort agitée, il se leva au point du jour, et s'en retourna à son habitation.

Mais qu'est-il besoin de vous continuer plus longtemps le récit de cette histoire ? Il n'y a jamais qu'un côté agréable à connaître dans la vie humaine. Semblable au globe sur lequel nous tournons, notre révolution rapide n'est que d'un jour, et une partie de ce jour ne peut recevoir la lumière que l'autre ne soit livrée aux ténèbres.

« Mon père, lui dis-je, je vous en conjure, achevez de me raconter ce que vous avez commencé d'une manière si touchante. Les images du bonheur nous plaisent ; mais celles du malheur nous instruisent. Que devint, je vous prie, l'infortuné Paul » ?

Le premier objet que vit Paul, en retournant à l'habitation, fut la négresse Marie, qui, montée sur un rocher, regardait vers la pleine mer. Il lui cria du plus loin qu'il l'aperçut : « Où est

Virginie » ? Marie tourna la tête vers son jeune maître, et se mit à pleurer. Paul, hors de lui, revint sur ses pas, et courut au port. Il y apprit que Virginie s'était embarquée au point du jour, que son vaisseau avait mis à la voile aussitôt, et qu'on ne le voyait plus. Il revint à l'habitation, qu'il traversa sans parler à personne.

Quoique cette enceinte de rochers paraisse derrière nous presque perpendiculaire, ces plateaux verts qui en divisent la hauteur sont autant d'étages par lesquels on parvient, au moyen de quelques sentiers difficiles, jusqu'au pied de ce cône de rochers incliné et inaccessible, qu'on appelle le Pouce. A la base de ce rocher est une esplanade couverte de grands arbres, mais si élevée et si escarpée qu'elle est comme une grande forêt dans l'air, environnée de précipices effroyables. Les nuages que le sommet du Pouce attire sans cesse autour de lui y entretiennent plusieurs ruisseaux, qui tombent à une si grande profondeur au fond de la vallée au revers de cette montagne, que de cette hauteur on n'entend point le bruit de leur chute. De ce lieu, on voit une grande partie de l'île, avec ses mornes surmontés de leurs pitons, entre autres Pieter-Booth et les Trois-Mamelles, avec leurs vallons remplis de forêts ; puis la pleine mer et l'île de Bourbon, qui est à quarante lieues de là vers l'occident.

Ce fut de cette élévation que Paul aperçut le vaisseau qui emmenait Virginie. Il le vit à plus de dix lieues du large, comme un point noir au milieu de l'Océan. Il resta une partie du jour tout occupé à le considérer : il était déjà disparu qu'il croyait le voir encore ; et, quand il fut perdu dans la vapeur de l'horizon, il s'assit dans ce lieu sauvage, toujours battu des vents, qui y agitent sans cesse les sommets des palmistes et des tatamaques. Leur murmure sourd et mugissant ressemble au bruit lointain des orgues, et inspire une profonde mélancolie. Ce fut là que je trouvai Paul, la tête appuyée contre le rocher, et les yeux fixés vers la terre. Je marchais après lui depuis le lever du soleil : j'eus beaucoup de peine à le déterminer à descendre et à revoir sa famille. Je le ramenai cependant à son habitation ; et son premier mouvement, en revoyant Madame de La Tour, fut de se plaindre amèrement qu'elle l'avait trompé. Madame de La Tour nous dit que le vent s'étant levé vers les trois heures du matin, le vaisseau étant au moment d'appareiller, le gouverneur, suivi d'une partie de son état-major et du missionnaire, était venu chercher Virginie en palanquin, et que, malgré ses propres raisons, ses larmes et celles de Marguerite, tout le monde criant que c'était leur bien à tous, ils avaient emmené sa fille à demi mourante. « Au moins, répondit Paul, si je lui avais fait mes adieux, je serais tranquille à présent. Je lui aurais dit : Virginie, si, pendant le temps que nous avons vécu ensemble, il m'est échappé quelque parole qui vous ait offensée, avant de me quitter pour jamais, dites-moi que vous me le pardonnez. Je lui aurais dit : Puisque je ne suis plus destiné à vous revoir, adieu, ma chère Virginie, adieu ! Vivez loin de moi contente et heureuse » ! Et comme il vit que sa mère et Madame de La Tour pleuraient : « Cherchez maintenant, leur dit-il, quelque autre que moi qui essuie vos larmes » ! Puis il s'éloigna d'elles eu gémissant, et se mit à errer çà et là dans l'habitation. Il en parcourait tous les endroits qui avaient été les plus chers à Virginie. Il disait à ses chèvres et à leurs petits chevreaux, qui le suivaient en bêlant : « Que me demandez-vous ? vous ne reverrez plus avec moi celle qui vous donnait à manger dans sa main ». Il fut au repos de Virginie, et à la vue des oiseaux qui voltigeaient autour, il s'écria : « Pauvres oiseaux ! vous n'irez plus au-devant de celle qui était votre bonne nourrice ». En voyant Fidèle, qui flairait çà et là, et marchait devant lui en quêtant, il soupira et lui dit : « Oh ! tu ne la trouveras plus jamais ». Enfin, il fut s'asseoir sur le rocher où il lui avait parlé la veille ; et, à l'aspect de la mer où il avait vu disparaître le vaisseau qui l'avait emmenée, il pleura abondamment.

Cependant nous le suivions pas à pas, craignant quelque suite funeste de l'agitation de son esprit. Sa mère et Madame de La Tour le priaient, par les termes les plus tendres, de ne pas augmenter leur douleur par son désespoir. Enfin, celle-ci parvint à le calmer, en lui prodiguant les noms les plus propres à réveiller ses espérances. Elle l'appelait son fils, son cher fils, son gendre, celui à qui elle destinait sa fille. Elle l'engagea à rentrer dans la maison, et à y prendre quelque peu de nourriture. Il se mit à table avec nous auprès de la place où se mettait la compagne de son enfance ; et, comme si elle l'eût encore occupée, il lui adressait la parole et lui présentait les mets qu'il savait lui être les plus agréables ; mais, dès qu'il s'apercevait de son erreur, il se mettait à pleurer. Les jours suivants, il recueillit tout ce qui avait été à son usage particulier, les derniers bouquets qu'elle avait portés, une tasse de coco où elle avait coutume de boire ; et, comme si ces restes de son amie eussent été les choses du monde les plus précieuses, il les baisait et les mettait dans son sein. L'ambre ne répand pas un parfum aussi doux que les objets touchés par l'objet que l'on aime. Enfin, voyant que ses regrets augmentaient ceux de sa mère et de Madame de La Tour, et que les besoins de la famille demandaient un travail continuel, il se mit, avec l'aide de Domingue, à réparer le jardin.

Bientôt, ce jeune homme, indifférent comme un créole pour tout ce qui se passe dans le monde, me pria de lui apprendre à lire et à écrire, afin qu'il pût entretenir une correspondance avec Virginie. Il voulut ensuite s'instruire dans la géographie, pour se faire une idée du pays où elle débarquerait, et dans l'histoire, pour connaître les mœurs de la société où elle allait vivre. Ainsi il s'était perfectionné dans l'agriculture et dans l'art de disposer avec agrément le terrain le plus irrégulier, par le sentiment de l'amour. Sans doute c'est aux jouissances que se propose cette passion ardente et inquiète que les hommes doivent la plupart des sciences et des arts ; et c'est de ces privations qu'est née la philosophie, qui apprend à se consoler de tout. Ainsi la nature ayant fait l'amour le lien de tous les êtres, l'a rendu le premier mobile de nos sociétés, et l'instigateur de nos lumières et de nos plaisirs.

Paul ne trouva pas beaucoup de goût dans l'étude de la géographie, qui, au lieu de nous décrire la nature de chaque pays, ne nous en présente que les divisions politiques. L'histoire, et surtout l'histoire moderne, ne l'intéressa guère davantage. Il n'y voyait que des malheurs généraux et périodiques, dont il n'apercevait pas les causes ; des guerres sans sujet et sans objet, des intrigues obscures, des nations sans caractère, et des princes sans humanité. Il préférait à cette lecture celle des romans, qui, s'occupant davantage des sentiments et des intérês des hommes, lui offraient quelquefois des situations pareilles à la sienne. Ainsi aucun livre ne lui fit autant de plaisir que le *Télémaque,* par ses tableaux de la vie champêtre et des passions naturelles au cœur humain. Il en lisait à sa mère et à Madame de La Tour les endroits qui l'affectaient davantage ; alors, ému par de touchants ressouvenirs, sa voix s'étouffait et des larmes coulaient de ses yeux. Il lui semblait trouver dans Virginie la dignité et la sagesse d'Antiope, avec les malheurs et la tendresse d'Eucharis. D'un autre côté, il fut tout bouleversé par la lecture de nos romans à la mode, pleins de mœurs et de maximes licencieuses ; et, quand il sut que ces romans renfermaient une peinture véritable des sociétés de l'Europe, il craignit, non sans quelque apparence de raison, que Virginie ne vînt à s'y corrompre et à l'oublier.

En effet, plus d'un an et demi s'était écoulé sans que Madame de La Tour eût des nouvelles de sa tante et de sa fille : seulement elle avait appris, par une voie étrangère, que celle-ci était arrivée heureusement en France. Enfin elle reçut, par un vaisseau qui allait aux Indes, un paquet et une lettre écrite de la propre main de Virginie.

Malgré la circonspection de son aimable et indulgente fille, elle jugea qu'elle était **fort** malheureuse. Cette lettre peignait si bien sa situation et son caractère, que je l'ai retenue presque mot pour mot.

« Très chère et bien aimée **maman**,

« Je vous ai déjà écrit plusieurs lettres de mon écriture ; et, comme je n'en ai pas eu de réponse, j'ai lieu de craindre qu'elles ne vous soient point parvenues. J'espère mieux de celle-ci, par les précautions que j'ai prises pour vous donner de mes nouvelles, et pour recevoir des vôtres.

« J'ai versé bien des larmes depuis **notre** séparation, moi qui n'avais presque jamais pleuré que sur les maux d'autrui ! Ma grand'tante fut bien surprise à mon arrivée, lorsque, m'ayant questionnée sur mes talents, je lui dis que je ne savais ni lire ni écrire. Elle me demanda qu'est-ce que j'avais donc appris depuis que j'étais au monde ; et, quand je lui eus répondu que c'était à avoir soin d'un ménage et à faire votre volonté, elle me dit que j'avais reçu l'éducation d'une servante. Elle me mit, dès le lendemain, en pension dans une grande abbaye, auprès de Paris, où j'ai des maîtres de toute espèce : ils m'enseignent, entre autres choses, l'histoire, la géographie, la grammaire, la mathématique, et à monter à cheval ; mais j'ai de si faibles dispositions pour toutes ces sciences, que je ne profiterai pas beaucoup avec ces messieurs. Je sens que je suis une pauvre créature qui ai peu d'esprit, comme ils le font entendre. Cependant les bontés de ma tante ne se refroidissent point. Elle me donne des robes nouvelles à chaque saison. Elle a mis près de moi deux femmes de chambre, qui sont aussi bien parées que de grandes dames. Elle m'a fait prendre le titre de comtesse ; mais elle m'a fait quitter mon nom de La Tour, qui m'était aussi cher qu'à vous-même, par tout ce que vous m'avez raconté des peines que mon père avait souffertes pour vous épouser. Elle a remplacé votre nom de femme par celui de votre famille, qui m'est encore cher cependant parce qu'il a été votre nom de fille. Me voyant dans une situation aussi brillante, je l'ai suppliée de vous envoyer quelques secours. Comment vous rendre sa réponse ? Mais vous m'avez recommandé de vous dire toujours la vérité. Elle m'a donc répondu que peu ne vous servirait à rien, et que, dans la vie simple que vous menez, beaucoup vous embarrasserait. J'ai cherché d'abord à vous donner de mes nouvelles par une main étrangère, au défaut de la mienne. Mais n'ayant, à mon arrivée ici, personne en qui je pusse prendre confiance, je me suis appliquée, nuit et jour, à apprendre à lire et à écrire : Dieu m'a fait la grâce d'en venir à bout en peu de temps. J'ai chargé de l'envoi de mes premières lettres les dames qui sont autour de moi ; j'ai lieu de croire qu'elles les ont remises à ma grand'tante. Cette fois j'ai eu recours à une pensionnaire de mes amies : c'est sous son adresse ci-jointe que je vous prie de me faire passer vos réponses. Ma grand'tante m'a interdit toute correspondance au dehors, qui pourrait, selon elle, mettre obstacle aux grandes vues qu'elle a sur moi. Il n'y a qu'elle qui puisse me voir à la grille, ainsi qu'un vieux seigneur de ses amis, qui a, dit-elle, beaucoup de goût pour ma personne. Pour dire la vérité, je n'en ai point du tout pour lui, quand même j'en pourrais prendre pour quelqu'un.

« Je vis au milieu de l'éclat de la fortune, et je ne peux disposer d'un sou. On dit que, si j'avais de l'argent, cela tirerait à conséquence. Mes robes mêmes appartiennent à mes femmes de chambre qui se les disputent avant que je les aie quittées. Au sein des richesses, je suis bien plus pauvre que je ne l'étais auprès de vous, car je n'ai rien à donner. Lorsque j'ai vu que les grands talents que l'on m'enseignait ne me procuraient pas la facilité de faire le plus petit bien, j'ai eu recours à mon aiguille, dont heureusement vous m'avez appris à faire usage. Je vous envoie donc plusieurs paires de bas de ma façon, pour vous et maman Marguerite, un bonnet pour Domingue, et un de mes mouchoirs rouges pour Marie. Je joins à ce paquet, des pépins et des noyaux des fruits de mes collations, avec des graines de toutes sortes d'arbres que j'ai recueillies à mes heures de récréation, dans le parc de l'abbaye. J'y ai ajouté aussi des semences de violettes, de marguerites, de bassinets, de coquelicots, de bluets, de scabieuses, que j'ai ramassées dans les champs. I! y a, dans les prairies de ce pays, de plus belles fleurs que dans les nôtres, mais personne ne s'en soucie. Je suis sûre que vous et maman Marguerite serez plus contentes de ce sac de graines que du sac de piastres qui a été la cause de notre séparation et de mes larmes. Ce sera une grande joie pour moi si vous avez un jour la satisfaction de voir des pommiers croître auprès de nos bananiers, et des hêtres mêler leur feuillage à celui de nos cocotiers. Vous vous croirez dans la Normandie, que vous aimez tant.

« Vous m'avez enjoint de vous mander mes joies et mes peines. Je n'ai plus de joie loin de vous : pour mes peines, je les adoucis en pensant que je suis dans un poste où vous m'avez mise par la volonté de Dieu. Mais le plus grand chagrin que j'y éprouve est que personne ne me parle ici de vous, et que je n'en puis parler à personne. Mes femmes de chambre, ou plutôt celles de ma grand'tante, car elles sont plus à elle qu'à moi, me disent, lorsque je cherche à amener la conversation sur des objets qui me sont si chers : Mademoiselle, souvenez-vous que vous êtes Française, et que vous devez oublier le pays des sauvages. Ah ! je m'oublierais plutôt moi-même que d'oublier le lieu où je suis née et où vous vivez ! C'est ce pays-ci qui est pour moi un pays de sauvages ; car j'y vis seule, n'ayant personne à qui je puisse faire part de l'amour que vous portera jusqu'au tombeau,

« Très chère et bien aimée maman,

« Votre obéissante et tendre fille,

« VIRGINIE DE LA TOUR ».

« Je recommande à vos bontés Marie et Domingue, qui ont pris tant de soin de mon enfance ; caressez pour moi Fidèle, qui m'a retrouvée dans les bois ».

Paul fut bien étonné de ce que Virginie ne parlait pas du tout de lui, elle qui n'avait pas oublié dans ses ressouvenirs le chien de la maison : mais il ne savait pas que, quelque longue que soit la lettre d'une femme, elle n'y met jamais sa pensée la plus chère qu'à la fin.

Dans un post-scriptum, Virginie recommandait particulièrement à Paul deux espèces de graines, celles de violettes et de scabieuses. Elle lui donnait quelques instructions sur les caractères de ces plantes, et sur les lieux les plus propres à les semer. « La violette, lui mandait-elle, produit une petite fleur d'un violet foncé, qui aime à se cacher sous le buisson ; mais son charmant parfum l'y fait bientôt découvrir ». Elle lui enjoignait de la semer sur le bord de la fontaine, au pied de son cocotier. « La scabieuse, ajoutait-elle, donne une jolie fleur d'un bleu mourant, et à fond noir piqueté de blanc. On la croirait en deuil. On l'appelle aussi, pour cette raison, fleur de veuve. Elle se plaît dans les lieux âpres et battus des vents ». Elle le priait de la semer sur le rocher où elle lui avait parlé la nuit pour la dernière fois, et de donner à ce rocher, pour l'amour d'elle, le nom de ROCHER DES ADIEUX.

Elle avait renfermé ces semences dans une petite bourse dont le tissu était fort simple, mais qui parut sans prix à Paul, lorsqu'il y aperçut un P et un V entrelacés, et formés de cheveux, qu'il reconnut, à leur beauté, pour être ceux de Virginie.

La lettre de cette sensible et vertueuse demoiselle fit verser des larmes à toute la famille. Sa mère lui répondit, au nom de la société, de rester ou de revenir à son gré, l'assurant qu'ils avaient tous perdu la meilleure partie de leur bonheur depuis son départ, et que, pour elle en particulier, elle en était inconsolable.

Paul lui écrivit une lettre fort longue, où il l'assurait qu'il allait rendre le jardin digne d'elle et y mêler les plantes de l'Europe à celles de l'Afrique, ainsi qu'elle avait entrelacé leurs noms dans son ouvrage. Il lui envoyait des fruits des cocotiers de sa fontaine, parvenus à une maturité parfaite. Il n'y joignait, ajoutait-il, aucune autre semence de l'île, afin que le désir d'en revoir les productions la déterminât à y revenir promptement. Il la suppliait de se rendre plus tôt aux vœux ardents de leur famille, et aux siens particuliers, puisqu'il ne pouvait désormais goûter aucune joie loin d'elle.

Paul sema avec le plus grand soin les graines européennes, et surtout celles de violettes et de scabieuses, dont les fleurs semblaient avoir quelque analogie avec le caractère et la situation de Virginie, qui les lui avait si particulièrement recommandées ; mais, soit qu'elles eussent été éventées dans le trajet, soit plutôt que le climat de cette partie de l'Afrique ne leur soit pas favorable, il n'en germa qu'un petit nombre, qui ne put venir à sa perfection.

Cependant l'envie, qui va même au-devant du bonheur des hommes, surtout dans les colonies françaises, répandit dans l'île des bruits qui donnaient beaucoup d'inquiétude à Paul. Les gens du vaisseau qui avaient apporté la lettre de Virginie assuraient qu'elle était sur le point de se marier : ils nommaient le seigneur de la cour qui devait l'épouser ; quelques-uns même disaient que la chose était faite, et qu'ils en avaient été témoins. D'abord Paul méprisa des nouvelles apportées par un vaisseau de commerce, qui en répand souvent de fausses sur les lieux de son passage. Mais, comme plusieurs habitants de l'île, par une pitié perfide, s'empressaient de le plaindre de cet événement, il commença à y ajouter quelque croyance. D'ailleurs, dans quelques-uns des romans qu'il avait lus, il voyait la trahison traitée de plaisanterie ; et, comme il savait que ces livres renfermaient des peintures assez fidèles des mœurs de l'Europe, il craignit que la fille de Madame de la Tour ne vînt à s'y corrompre et à oublier ses anciens engagements. Ses lumières le rendaient déjà malheureux. Ce qui acheva d'augmenter ses craintes, c'est que plusieurs vaisseaux d'Europe arrivèrent ici depuis, dans l'espace de six mois, sans qu'aucun d'eux apportât des nouvelles de Virginie.

Cet infortuné jeune homme, livré à toutes les agitations de son cœur, venait me voir souvent, pour confirmer ou pour bannir ses inquiétudes par mon expérience du monde.

Je demeure, comme je vous l'ai dit, à une lieue et demie d'ici, sur les bords d'une petite rivière qui coule le long de la Montagne-Longue. C'est là que je passe ma vie, seul, sans femme, sans enfants et sans esclaves.

Après le rare bonheur de trouver une compagne qui nous soit bien assortie, l'état le moins malheureux de la vie est sans doute de vivre seul. Tout homme qui a eu beaucoup à se plaindre des hommes cherche la solitude. Il est même très remarquable que tous les peuples malheureux par leurs opinions, leurs mœurs ou leurs gouvernements, ont produit des classes nombreuses de citoyens entièrement dévoués à la solitude et au célibat. Tels ont été les Egyptiens dans leur décadence, les Grecs du Bas-Empire ; et tels sont, de nos jours, les Indiens, les Chinois, les Grecs modernes, les Italiens, et la plupart des peuples orientaux et méridionaux de l'Europe. La solitude ramène en partie l'homme au bonheur naturel, en éloignant de lui le malheur social. Au milieu de nos sociétés, divisées par tant de préjugés, l'âme est dans une agitation continuelle ; elle roule sans cesse en elle-même mille opinions turbulentes et contradictoires, dont les membres d'une société ambitieuse et misérable cherchent à se subjuguer les uns les autres.

Mais dans la solitude elle dépose ces illusions étrangères qui la troublent ; elle reprend le sentiment d'elle-même, de la nature et de son auteur. Ainsi l'eau bourbeuse d'un torrent qui ravage les campagnes, venant à se répandre dans quelque petit bassin écarté de son cours, dépose ses vases au fond de son lit, reprend sa première limpidité, et, redevenue transparente, réfléchit, avec ses propres rivages, la verdure de la terre et la lumière des cieux. La solitude rétablit aussi bien les harmonies du corps que celles de l'âme. C'est dans la classe des solitaires que se trouvent les hommes qui poussent le plus loin la carrière de la vie ; tels sont les brames de l'Inde. Enfin je la crois si nécessaire au bonheur dans le monde même, qu'il me paraît impossible d'y goûter un plaisir durable, de quelque sentiment que ce soit, ou de régler sa conduite sur quelque principe stable, si l'on ne se fait une solitude intérieure, d'où notre opinion sorte bien rarement, et où celle d'autrui n'entre jamais. Je ne veux pas dire toutefois que l'homme doit vivre absolument seul : il est lié avec tout le genre humain par ses besoins ; il doit aussi ses travaux aux hommes ; il se doit donc au reste de la nature. Mais, comme Dieu a donné à chacun de nous des organes parfaitement assortis aux éléments du globe où nous vivons, des pieds pour le sol, des poumons pour l'air, des yeux pour la lumière, sans que nous puissions intervertir l'usage de ces sens, il s'est réservé pour lui seul, qui est l'auteur de la vie, le cœur, qui en est le principal organe.

Je passe donc mes jours loin des hommes, que j'ai voulu servir, et qui m'ont persécuté. Après avoir parcouru une grande partie de l'Europe, et quelques cantons de l'Amérique et de l'Afrique, je me suis fixé dans cette île peu habitée, séduit par sa douce température et par ses solitudes. Une cabane que j'ai bâtie dans la forêt, au pied d'un arbre, un petit champ défriché de mes mains, une rivière qui coule devant ma porte, suffisent à mes besoins et à mes plaisirs. Je joins à ces jouissances celles de quelques bons livres qui m'apprennent à devenir meilleur. Ils font encore servir à mon bonheur le monde même que j'ai quitté : ils me présentent des tableaux des passions qui en rendent les habitants si misérables ; et, par la comparaison que je fais de leur sort au mien, ils me font jouir d'un bonheur négatif. Comme un homme sauvé du naufrage sur un rocher, je contemple de ma solitude les orages qui frémissent dans le reste du monde ; mon repos même redouble par le bruit lointain de la tempête. Depuis que les hommes ne sont plus sur mon chemin, et que je ne suis plus sur le leur, je ne les hais plus, je les plains. Si je rencontre quelque infortuné, je tâche de venir à son secours par mes conseils, comme un passant, sur le bord d'un torrent, tend la main à un malheureux qui s'y noie. Mais je n'ai guère trouvé que l'innocence attentive à ma voix. La nature appelle en vain à elle le reste des hommes ; chacun d'eux se fait d'elle une image qu'il revêt de ses propres passions. Il poursuit toute sa vie ce vain fantôme qui l'égare, et il se plaint ensuite au ciel de l'erreur qu'il s'est formée lui-même. Parmi un grand nombre d'infortunés que j'ai quelquefois essayé de ramener à la nature, je n'en ai pas trouvé un seul qui ne fût enivré de ses propres misères. Ils m'écoutaient d'abord avec attention, dans l'espérance que je les aiderais à acquérir de la gloire ou de la fortune ; mais, voyant que je ne voulais leur apprendre qu'à s'en passer, ils me trouvaient moi-même misérable de ne pas courir après leur malheureux bonheur ; ils blâmaient ma vie solitaire ; ils prétendaient qu'eux seuls étaient utiles aux hommes, et ils s'efforçaient de m'entraîner dans leur tourbillon. Mais si je me communique à tout le monde, je ne me livre à personne. Souvent il me suffit de moi pour me servir de leçon à moi-même. Je repasse, dans le calme présent, les agitations passées de ma propre vie, auxquelles j'ai donné tant de prix ; les protections, la fortune, la réputation, les voluptés et les opinions qui se combattent par toute la terre. Je compare tant d'hommes que j'ai vus se disputer avec fureur ces chimères, et qui ne sont plus, aux flots de ma rivière, qui se brisent en écumant contre les rochers de son lit, et disparaissent pour ne revenir jamais. Pour moi, je me laisse entraîner en paix au fleuve du temps, vers l'océan de l'avenir, qui n'a plus de rivages ; et, par le spectacle des harmonies actuelles de la nature, je m'élève vers son auteur, et j'espère dans un autre monde de plus heureux destins.

Quoiqu'on n'aperçoive pas de mon ermitage, situé au milieu d'une forêt, cette multitude d'objets que nous présente l'élévation du lieu où nous sommes, il s'y trouve des dispositions intéressantes, surtout pour un homme qui, comme moi, aime mieux rentrer en lui-même que s'étendre au dehors. La rivière qui coule devant ma porte passe en ligne droite à travers les bois, en sorte qu'elle me présente un long canal ombragé d'arbres de toutes sortes de feuillages : il y a des tatamaques, des bois d'ébène, et de ceux qu'on appelle ici bois de pomme, bois d'olive, et bois de cannelle ; des bosquets de palmistes élèvent çà et là leurs colonnes nues, et longues de plus de cent pieds, surmontées à leurs sommets d'un bouquet de palmes, et paraissent au-dessus des autres arbres comme une forêt plantée sur une autre forêt. Il s'y joint des lianes de divers feuillages, qui, s'enlaçant d'un arbre à l'autre, forment ici des arcades de fleurs, là de longues courtines de verdure. Des odeurs aromatiques sortent de la plupart de ces arbres, et leurs parfums ont tant d'influence sur les vêtements mêmes, qu'on sent ici un homme qui a traversé une forêt, quelques heures après qu'il en est sorti. Dans la saison où ils donnent leurs fleurs, vous les diriez à demi couverts de neige. A la fin de l'été, plusieurs espèces d'oiseaux étrangers viennent, par un instinct incompréhensible, de régions inconnues, au delà des vastes mers, récolter les graines des végétaux de cette île, et opposent l'éclat de leurs couleurs à la verdure des arbres, rembrunie par le soleil. Telles sont, entre autres, diverses espèces de perruches, et les pigeons bleus, appelés ici pigeons hollandais. Les singes, habitants domiciliés de ces forêts, se jouent dans leurs sombres rameaux, dont ils se détachent par leur poil gris et verdâtre, et leur face toute noire ; quelques-uns s'y suspendent par la queue et se balancent en l'air ; d'autres sautent de branche en branche, portant leurs petits dans leurs bras. Jamais le fusil meurtrier n'y a effrayé ces paisibles enfants de la nature. On n'y entend que des cris de joie, des gazouillements et des ramages inconnus de quelques oiseaux des terres australes, que répètent au loin les échos de ces forêts. La rivière, qui coule en bouillonnant sur un lit de roche, à travers les arbres, réfléchit çà et là dans ses eaux limpides leurs masses vénérables de verdure et d'ombre, ainsi que les jeux de leurs heureux habitants : à mille pas de là, elle se précipite de différents étages de rochers, et forme, à sa chute, une nappe d'eau unie comme le cristal, qui se brise, en tombant, en bouillons d'écume. Mille bruits confus sortent de ses eaux tumultueuses ; et, dispersés par les vents dans la forêt, tantôt ils fuient au loin, tantôt ils se rapprochent tous à la fois, et assourdissent comme les sons des cloches d'une cathédrale. L'air, sans cesse renouvelé par le mouvement des eaux, entretient sur les bords de cette rivière, malgré les ardeurs de l'été, une verdure et une fraîcheur qu'on trouve rarement dans cette île, sur le haut même des montagnes.

A quelque distance de là est un rocher assez éloigné de la cascade, pour qu'on n'y soit pas étourdi du bruit de ses eaux, et qui en est assez voisin pour y jouir de leur vue, de leur fraîcheur et de leur murmure. Nous allions quelquefois, dans les grandes chaleurs, dîner à l'ombre de ce rocher, Madame de La Tour, Marguerite, Virginie, Paul et moi. Comme Virginie dirigeait toujours au bien d'autrui ses actions même les plus communes, elle ne mangeait pas un fruit à la campagne qu'elle n'en mît en terre les noyaux ou les pépins. « Il en viendra, disait-elle, des arbres qui donneront leurs fruits à quelque voyageur, ou au moins à un oiseau ». Un jour donc qu'elle avait mangé une papaye au pied de ce rocher, elle y planta les semences de ce fruit. Bientôt après il y crût plusieurs papayers, parmi lesquels il y en avait un femelle, c'est-à-dire qui porte des fruits. Cet arbre n'était pas si haut que le genou de Virginie à son départ ; mais, comme il croît vite, deux ans après il avait vingt pieds de hauteur, et son tronc était entouré, dans sa partie supérieure, de plusieurs rangs de fruits mûrs. Paul, s'étant rendu par hasard dans ce lieu, fut rempli de joie en voyant ce grand arbre sorti d'une petite graine qu'il avait vu planter par son amie ; et, en même temps, il fut saisi d'une tristesse profonde par ce témoignage de sa longue absence. Les objets que nous voyons habituellement ne nous font pas apercevoir de la rapidité de notre vie ; ils vieillissent avec nous d'une vieillesse insensible : mais ce sont ceux que nous revoyons tout à coup, après les avoir perdus quelques années de vue, qui nous avertissent de la vitesse avec laquelle s'écoule le fleuve de nos jours. Paul fut aussi surpris et aussi troublé à la vue de ce grand papayer chargé de fruits, qu'un voyageur l'est, après une longue absence de son pays, de n'y plus retrouver ses contemporains, et d'y voir leurs enfants, qu'il avait laissés à la mamelle, devenus eux-mêmes pères de famille. Tantôt il voulait l'abattre, parce qu'il lui rendait trop sensible la longueur du temps qui s'était écoulé depuis le départ de Virginie ; tantôt, le considérant comme un monument de bienfaisance, il baisait son tronc, et lui adressait des paroles pleines d'amour et de regrets. O arbre dont la postérité existe encore dans nos bois, je vous ai vu moi-même avec plus d'intérêt et de vénération que les arcs de triomphe des Romains ! Puisse la nature, qui détruit chaque jour les monuments de l'ambition des rois, multiplier dans nos forêts ceux de la bienfaisance d'une jeune et pauvre fille !

C'était donc au pied de ce papayer que j'étais sûr de rencontrer Paul, quand il venait dans mon quartier. Un jour, je l'y trouvai accablé de mélancolie, et j'eus avec lui une conversation que je vais vous rapporter, si je ne vous suis point trop ennuyeux par mes longues digressions, pardonnables à mon âge et à mes dernières amitiés. Je vous la raconterai en forme de dialogue, afin que vous jugiez du bon sens naturel de ce jeune homme ; et il vous sera aisé de faire la différence des interlocuteurs par le sens de ses questions et de mes réponses. Il me dit :

« Je suis bien chagrin. Mademoiselle de La Tour est partie depuis deux ans et deux mois ; et, depuis huit mois et demi, elle ne nous a pas donné de ses nouvelles. Elle est riche ; je suis pauvre : elle m'a oublié. J'ai envie de m'embarquer ; j'irai en France, j'y servirai le roi, j'y ferai fortune, et la grand'tante de mademoiselle de La Tour me donnera sa petite-nièce en mariage, quand je serai devenu un grand seigneur.

LE VIEILLARD. « O mon ami ! ne m'avez-vous pas dit que vous n'aviez pas de naissance ?

PAUL. « Ma mère me l'a dit ; car, pour moi, je ne sais ce que c'est que la naissance. Je ne me suis jamais aperçu que j'en eusse moins qu'un autre, ni que les autres en eussent plus que moi.

LE VIEILLARD. « Le défaut de naissance vous ferme en France le chemin aux grands emplois. Il y a plus : vous ne pouvez même être admis dans aucun corps distingué.

PAUL. « Vous m'avez dit plusieurs fois qu'une des causes de la grandeur de la France était que le moindre sujet pouvait y parvenir à tout, et vous m'avez cité beaucoup d'hommes célèbres qui, sortis de petits états, avaient fait honneur à leur patrie. Vous vouliez donc tromper mon courage ?

LE VIEILLARD. « Mon fils, jamais je ne l'abattrai. Je vous ai dit la vérité sur les temps passés ; mais les choses sont bien changées à présent : tout est devenu vénal en France ; tout y est aujourd'hui le patrimoine d'un petit nombre de familles, ou le partage des corps. Le roi est un soleil que les grands et les corps environnent comme des nuages ; il est presque impossible qu'un de ses rayons tombe sur vous. Autrefois, dans une administration moins compliquée, on a vu ces phénomènes. Alors les talents et le mérite se sont développés de toutes parts, comme des terres nouvelles qui, venant à être défrichées, produisent avec tout leur suc. Mais les grands rois qui savent connaître les hommes et les choisir sont rares. Le vulgaire des rois ne se laisse aller qu'aux impulsions des grands et des corps qui les environnent.

PAUL. « Mais je trouverai peut-être un de ces grands qui me protégera ?

LE VIEILLARD. « Pour être protégé des grands, il faut servir leur ambition ou leurs plaisirs. Vous n'y réussirez jamais, car vous êtes sans naissance, et vous avez de la probité.

PAUL. « Mais je ferai des actions si courageuses, je serai si fidèle à ma parole, si exact dans mes devoirs, si zélé et si constant dans mon amitié, que je mériterai d'être adopté par quelqu'un d'eux, comme j'ai vu que cela se pratiquait dans les histoires anciennes que vous m'avez fait lire.

LE VIEILLARD. « O mon ami ! chez les Grecs et chez les Romains, même dans leur décadence, les grands avaient du respect pour la vertu ; mais nous avons eu une foule d'hommes célèbres en tout genre, sortis des classes du peuple, et je n'en sache pas un seul qui ait été adopté par une grande maison. La vertu, sans nos rois, serait condamnée en France à être éternellement plébéienne. Comme je vous l'ai dit, ils la mettent quelquefois en honneur lorsqu'ils l'aperçoivent ; mais, aujourd'hui, les distinctions qui lui étaient réservées ne s'accordent plus que pour de l'argent.

PAUL. « Au défaut d'un grand, je chercherai à plaire à un corps. J'épouserai entièrement son esprit et ses opinions ; je m'en ferai aimer.

LE VIEILLARD. « Vous ferez donc comme les autres hommes ; vous renoncerez à votre conscience pour parvenir à la fortune ?

PAUL. « Oh non ! je ne chercherai jamais que la vérité.

LE VIEILLARD. « Au lieu de vous faire aimer,

vous pourriez bien vous faire haïr. D'ailleurs, les corps s'intéressent fort peu à la découverte de la vérité. Toute opinion est indifférente aux ambitieux, pourvu qu'ils gouvernent.

PAUL. « Que je suis infortuné ! tout me repousse. Je suis condamné à passer ma vie dans un travail obscur, loin de Virginie ! » Et il soupira profondément.

LE VIEILLARD. « Que Dieu soit votre unique patron, et le genre humain votre corps. Soyez constamment attaché à l'un et à l'autre. Les familles, les corps, les peuples, les rois, ont leurs préjugés et leurs passions ; il faut souvent les servir par des vices : Dieu et le genre humain ne nous demandent que des vertus.

« Mais pourquoi voulez-vous être distingué du reste des hommes ? C'est un sentiment qui n'est pas naturel, puisque, si chacun l'avait, chacun serait en état de guerre avec son voisin. Contentez-vous de remplir votre devoir dans l'état où la Providence vous a mis ; bénissez votre sort, qui vous permet d'avoir une conscience à vous, et qui ne vous oblige pas, comme les grands, de mettre votre bonheur dans l'opinion des petits, et, comme les petits, de ramper sous les grands pour avoir de quoi vivre. Vous êtes dans un pays et dans une condition où, pour subsister, vous n'avez besoin ni de tromper, ni de flatter, ni de vous avilir, comme font la plupart de ceux qui cherchent la fortune en Europe ; où votre état ne vous interdit aucune vertu ; où vous pouvez être impunément bon, vrai, sincère, instruit, patient, tempérant, chaste, indulgent, pieux, sans qu'aucun ridicule vienne flétrir votre sagesse, qui n'est encore qu'en fleur. Le ciel vous a donné la liberté, de la santé, une bonne conscience et des amis : les rois, dont vous ambitionnez la faveur, ne sont pas si heureux.

PAUL. « Ah ! il me manque Virginie ! Sans elle, je n'ai rien ; avec elle, j'aurais tout. Elle seule est ma naissance, ma gloire et ma fortune. Mais puisque enfin sa parente veut lui donner pour mari un homme d'un grand nom, avec l'étude et des livres on devient savant et célèbre : je m'en vais étudier. J'acquerrai de la science, je servirai utilement ma patrie, par mes lumières, sans nuire à personne, et sans en dépendre ; je deviendrai fameux, et ma gloire n'appartiendra qu'à moi.

LE VIEILLARD. « Mon fils, les talents sont encore plus rares que la naissance et les richesses ; et sans doute ils sont de plus grands biens, puisque rien ne peut les ôter, et que partout ils nous concilient l'estime publique. Mais ils coûtent cher. On ne les acquiert que par des privations en tout genre, par une sensibilité exquise qui nous rend malheureux au dedans comme au dehors, par les persécutions de nos contemporains. L'homme de robe n'envie point, en France, la gloire du militaire, ni le militaire celle de l'homme de mer ; mais tout le monde y traversera votre chemin, parce que tout le monde s'y pique d'avoir de l'esprit. Vous servirez les hommes, dites-vous ? Mais celui qui fait produire à un terrain une gerbe de blé de plus leur rend un plus grand service que celui qui leur donne un livre.

PAUL. « Oh ! celle qui a planté ce papayer a fait aux habitants de ces forêts un présent plus utile et plus doux que si elle leur avait donné une bibliothèque. » Et en même temps il saisit cet arbre dans ses bras et le baisa avec transport.

LE VIEILLARD. « Le meilleur des livres, qui ne prêche que l'égalité, l'amitié, l'humilité et la concorde, l'Evangile, a servi pendant des siècles de prétexte aux fureurs des Européens.

« Combien de tyrannies publiques et particulières s'exercent encore en son nom sur la terre ! Après cela, qui se flattera d'être utile aux hommes par un livre ? Rappelez-vous quel a été le sort de la plupart des philosophes qui leur ont prêché la sagesse. Homère, qui l'a revêtue de vers si beaux, demandait l'aumône pendant sa vie. Socrate, qui en donna aux Athéniens de si aimables leçons par ses discours et par ses mœurs, fut empoisonné juridiquement par eux. Son sublime disciple Platon fut livré à l'esclavage par l'ordre du prince même qui le protégeait ; et avant eux, Pythagore, qui étendait l'humanité jusqu'aux animaux, fut brûlé vif par les Crotoniates. Que dis-je ? la plupart même de ces noms illustres sont venus à nous défigurés par quelques traits de satire qui les caractérisent, l'ingratitude humaine se plaisant à les reconnaître là ; et si, dans la foule, la gloire de quelques-uns est venue nette et pure jusqu'à nous, c'est que ceux qui les ont portés ont vécu loin de la société de leurs contemporains : semblables à ces statues qu'on tire entières des champs de la Grèce et de l'Italie, et qui, pour avoir été ensevelies dans le sein de la terre, ont échappé à la fureur des barbares.

« Vous voyez donc que pour acquérir la gloire orageuse des lettres il faut bien de la vertu, et être prêt à sacrifier sa propre vie. D'ailleurs, croyez-vous que cette gloire intéresse, en France, les gens riches ? ils se soucient bien des gens de lettres, auxquels la science ne rapporte ni dignités dans la patrie, ni gouvernements, ni entrées à la cour ! On persécute peu dans ce siècle indifférent à tout, hors à la fortune et aux voluptés ; mais les lumières et la vertu n'y mènent à rien de distingué, parce que tout est dans l'Etat le prix de l'argent.

Autrefois, elles trouvaient des récompenses assurées dans les différentes places de l'Eglise, de la magistrature et de l'administration : aujourd'hui, elles ne servent qu'à faire des livres. Mais ce fruit, peu prisé des gens du monde, est toujours digne de son origine céleste. C'est à ces mêmes livres qu'il est réservé particulièrement de donner de l'éclat à la vie obscure, de consoler les malheureux, d'éclairer les nations et de dire la vérité même aux rois. C'est, sans contredit, la fonction la plus auguste dont le ciel puisse honorer un mortel sur la terre. Quel est l'homme qui ne se console de l'injustice ou du mépris de ceux qui disposent de la fortune, lorsqu'il pense que son ouvrage ira, de siècle en siècle et de nations en nations, servir de barrière à l'erreur et aux tyrans ; et que, du sein de l'obscurité où il a vécu, il jaillira une gloire qui effacera celle de la plupart des rois, dont les monuments périssent dans l'oubli, malgré les flatteurs qui les élèvent et qui les vantent ?

PAUL. « Ah ! je ne voudrais cette gloire que pour la répandre sur Virginie, et la rendre chère à l'univers. Mais vous qui avez tant de connaissances, dites-moi si nous nous marierons. Je voudrais être savant, au moins pour connaître l'avenir.

LE VIEILLARD. « Qui voudrait vivre, mon fils,

s'il connaissait l'avenir ? Un seul malheur pré-
vu nous donne tant de vaines inquiétudes ! La
vue d'un malheur certain empoisonnerait tous
les jours qui le précéderaient. Il ne faut pas
même trop approfondir ce qui nous environne ;
et le ciel, qui nous donna la réflexion pour prévoir nos besoins, nous a donné les besoins pour
mettre des bornes à notre réflexion.

PAUL. « Avec de l'argent, dites-vous, on
acquiert en Europe des dignités et des honneurs. J'irai m'enrichir au Bengale pour aller
épouser Virginie à Paris. Je vais m'embarquer.

LE VIEILLARD. « Quoi ! vous quitteriez sa mère
et la vôtre ?

PAUL. « Vous m'avez vous-même donné le
conseil de passer aux Indes.

LE VIEILLARD. « Virginie était alors ici. Mais
vous êtes maintenant l'unique soutien de votre
mère et de la sienne.

PAUL. « Virginie leur fera du bien par sa riche
parente.

LE VIEILLARD. « Les riches n'en font guère
qu'à ceux qui leur font honneur dans le monde.
Ils ont des parents bien plus à plaindre que
Madame de La Tour, qui, faute d'être secourus
par eux, sacrifient leur liberté pour avoir du
pain, et passent leur vie renfermés dans des
couvents .

PAUL. « Quel pays que l'Europe ! Oh ! il

faut que Virginie revienne ici. Qu'a-t-elle besoin d'avoir une parente riche ? Elle était si
contente sous ces cabanes, si jolie et si bien
parée avec un mouchoir rouge et des fleurs
autour de sa tête ! Reviens, Virginie ! quitte
tes hôtels et tes grandeurs. Reviens dans ces
rochers, à l'ombre de ces bois et de nos cocotiers. Hélas ! tu es peut-être maintenant malheureuse !... » Et il se mettait à pleurer. « Mon
père, ne me cachez rien : si vous ne pouvez me
dire si j'épouserai Virginie, au moins appre-
nez-moi si elle m'aime encore au milieu de ces
grands seigneurs qui parlent au roi et qui la
vont voir.

LE VIEILLARD. « O mon ami ! je suis sûr qu'elle
vous aime, par plusieurs raisons, mais surtout
parce qu'elle a de la vertu. » A ces mots, il me
sauta au cou, transporté de joie.

PAUL. « Mais croyez-vous les femmes d'Europe fausses, comme on les représente dans les
comédies et dans les livres que vous m'avez
prêtés ?

LE VIEILLARD. « Les femmes sont fausses dans
les pays où les hommes sont tyrans. Partout la
violence produit la ruse.

PAUL. « Comment peut-on être le tyran des
femmes ?

LE VIEILLARD. « En les mariant sans les consulter ; une jeune fille avec un vieillard, une femme sensible avec un homme indifférent.

PAUL. « Pourquoi ne pas marier ensemble ceux qui se conviennent : les jeunes avec les jeunes ; les amants avec les amantes ?

LE VIEILLARD. « C'est que la plupart des jeunes gens, en France, n'ont pas assez de fortune pour se marier et qu'ils n'en acquièrent qu'en devenant vieux. Jeunes, ils corrompent les femmes de leurs voisins ; vieux, ils ne peuvent fixer l'affection de leurs épouses. Ils ont trompé étant jeunes, on les trompe à leur tour étant vieux. C'est une des réactions de la justice universelle qui gouverne le monde : un excès y balance toujours un autre excès. Ainsi la plupart des Européens passent leur vie dans ce double désordre ; et ce désordre augmente dans une société à mesure que les richesses s'y accumulent sur un nombre moindre de têtes. L'Etat est semblable à un jardin, où les petits arbres ne peuvent venir s'il y en a de trop grands qui les ombragent ; mais il y a cette différence, que la beauté d'un jardin peut résulter d'un petit nombre de grands arbres, et que la prospérité d'un Etat dépend toujours de la multitude et de l'égalité des sujets, et non pas d'un petit nombre de riches.

PAUL. « Mais qu'est-il besoin d'être riche pour se marier ?

LE VIEILLARD. « Afin de passer ses jours dans l'abondance, sans rien faire.

PAUL. « Et pourquoi ne pas travailler ? Je travaille bien, moi !

LE VIEILLARD. « C'est qu'en Europe le travail des mains déshonore : on l'appelle travail mécanique. Celui même de labourer la terre y est le plus méprisé de tous. Un artisan y est bien plus estimé qu'un paysan.

PAUL. « Quoi ! l'art qui nourrit les hommes est méprisé en Europe ! Je ne vous comprends pas.

LE VIEILLARD. « Oh ! il n'est pas possible à un homme élevé dans la nature de comprendre les dépravations de la société. On se fait une idée précise de l'ordre, mais non pas du désordre. La beauté, la vertu, le bonheur, ont des proportions ; la laideur, le vice et le malheur n'en ont point.

PAUL. « Les gens riches sont donc bien heureux ! Ils ne trouvent d'obstacles à rien ; ils peuvent combler de plaisirs les objets qu'ils aiment.

LE VIEILLARD. « Ils sont pour la plupart usés sur tous les plaisirs, par cela même qu'ils ne leur coûtent aucunes peines. N'avez-vous pas éprouvé que le plaisir du repos s'achète par la fatigue ; celui de manger, par la faim ; celui de boire, par la soif ? Eh bien ! celui d'aimer et d'être aimé ne s'acquiert que par une multitude de privations et de sacrifices. Les richesses ôtent aux riches tous ces plaisirs-là en prévenant leurs besoins. Joignez à l'ennui qui suit leur satiété, l'orgueil qui naît de leur opulence, et que la moindre privation blesse, lors même que les plus grandes jouissances ne les flattent plus. Le parfum de mille roses ne plaît qu'un instant ; mais la douleur que cause une seule de leurs épines dure longtemps après sa piqûre. Un mal au mileu des plaisirs est pour les riches une épine au milieu des fleurs. Pour les pauvres, au contraire, un plaisir au milieu des maux est une fleur au milieu des épines : ils en goûtent vivement la jouissanec. Tout effet augmente par son contraste. La nature a tout balancé. Quel état à tout prendre, croyez-vous préférable, de n'avoir presque rien à espérer et tout à craindre, ou presque rien à craindre et tout à espérer ? Le premier état est celui des riches, et le second celui des pauvres. Mais ces extrêmes sont également difficiles à supporter aux hommes, dont le bonheur consiste dans la médiocrité et la vertu.

PAUL. « Qu'entendez-vous par la vertu ?

LE VIEILLARD. « Mon fils, vous qui soutenez vos parents par vos travaux, vous n'avez pas besoin qu'on vous la définisse. La vertu est un

effort fait sur nous-mêmes pour le bien d'autrui,
dans l'intention de plaire à Dieu seul.

PAUL. « Oh ! que Virginie est vertueuse !
C'est par vertu qu'elle a voulu être riche, afin
d'être bienfaisante. C'est par vertu qu'elle est
partie de cette île : la vertu l'y ramènera. »

L'idée de son retour prochain allumant l'imagination de ce jeune homme, toutes ses inquiétudes s'évanouissaient. Virginie n'avait point
écrit, parce qu'elle allait arriver. Il fallait si
peu de temps pour venir d'Europe avec un bon
vent ! Il faisait l'énumération des vaisseaux
qui avaient fait ce trajet de quatre mille cinq
cents lieues en moins de trois mois. Le vaisseau
où elle s'était embarquée n'en mettrait pas plus
de deux. Les constructeurs étaient aujourd'hui
si savants et les marins si habiles ! Il parlait
des arrangements qu'il allait faire pour la
recevoir, du nouveau logement qu'il allait
bâtir, des plaisirs et des surprises qu'il lui
ménageait chaque jour quand elle serait sa
femme. Sa femme !... cette idée le ravissait.
« Au moins, mon père, me disait-il, vous ne
ferez plus rien, que pour votre plaisir. Virginie
étant riche, nous aurons beaucoup de noirs qui
travailleront pour vous. Vous serez toujours
avec nous, n'ayant d'autre souci que celui de
vous amuser et de vous réjouir ». Et il allait,

hors de lui, porter à sa famille la joie dont il était enivré.

En peu de temps les grandes craintes succédèrent aux grandes espérances. Les passions violentes jettent toujours l'âme dans les extrémités opposées. Souvent, dès le lendemain, Paul revenait me voir, accablé de tristesse. Il me disait : « Virginie ne m'écrit point. Si elle était partie d'Europe, elle m'aurait mandé son départ. Ah ! les bruits qui ont couru d'elle ne sont que trop fondés ! Sa tante l'a mariée à un grand seigneur. L'amour des richesses l'a perdue, comme tant d'autres. Dans ces livres qui peignent si bien les femmes, la vertu n'est qu'un sujet de roman. Si Virginie avait eu de la vertu, elle n'aurait pas quitté sa propre mère et moi. Pendant que je passe ma vie à penser à elle, elle m'oublie. Je m'afflige, et elle se divertit. Ah ! cette pensée me désespère. Tout travail me déplaît ; toute société m'ennuie. Plût à Dieu que la guerre fût déclarée dans l'Inde ! j'irais y mourir.

« — Mon fils, lui répondis-je, le courage qui nous jette dans la mort n'est que le courage d'un instant. Il est souvent excité par les vains applaudissements des hommes. Il en est un plus rare et plus nécessaire qui nous fait supporter chaque jour, sans témoins et sans éloges, les traverses de la vie : c'est la patience. Elle s'appuie, non sur l'opinion d'autrui ou sur l'impulsion de nos passions, mais sur la volonté de Dieu. La patience est le courage de la vertu.

« — Ah ! s'écria-t-il, je n'ai donc point de vertu ! Tout m'accable et me désespère.

« — La vertu, repris-je, toujours égale, constante, invariable, n'est pas le partage de l'homme. Au milieu de tant de passions qui nous agitent, notre raison se trouble et s'obscurcit ; mais il est des phares où nous pouvons en rallumer le flambeau : ce sont les lettres.

« Les lettres, mon fils, sont un secours du ciel. Ce sont des rayons de cette sagesse qui gouverne l'univers, que l'homme, inspiré par un art céleste, a appris à fixer sur la terre. Semblables aux rayons du soleil, elles éclairent, elles réjouissent, elles échauffent ; c'est un feu divin. Comme le feu, elles approprient toute la nature à notre usage : par elles, nous réunissons autour de nous les choses, les lieux, les hommes et les temps. Ce sont elles qui nous rappellent aux règles de la vie humaine. Elles calment les passions ; elles répriment les vices ; elles excitent les vertus par les exemples augustes des gens de bien qu'elles célèbrent et dont elles nous présentent les images toujours honorées. Ce sont des filles du ciel, qui descendent sur la terre pour charmer les maux du genre humain. Les grands écrivains qu'elles inspirent ont toujours paru dans les temps les plus difficiles à supporter à toute société, les temps de barbarie et ceux de dépravation. Mon fils, les lettres ont consolé une infinité d'hommes plus malheureux que vous : Xénophon, exilé de sa patrie après y avoir ramené dix mille Grecs ; Scipion l'Africain, lassé des calomnies des Romains ; Lucullus, de leurs brigues ; Catinat, de l'ingratitude de sa cour. Les Grecs, si ingénieux, avaient réparti à chacune des Muses qui président aux lettres une partie de notre entendement pour les gouverner : nous devons donc leur donner nos passions à régir, afin qu'elles leur imposent un joug et un frein. Elles doivent remplir, par rapport aux puissances de notre âme, les mêmes fonctions que les Heures qui attelaient et conduisaient les chevaux du Soleil.

« Lisez donc, mon fils. Les sages qui ont écrit avant nous sont des voyageurs qui nous ont précédés dans les sentiers de l'infortune, qui nous tendent la main, et nous invitent à nous joindre à leur compagnie, lorsque tout nous abandonne. Un bon livre est un bon ami.

« — Ah ! s'écriait Paul, je n'avais pas besoin de savoir lire quand Virginie était ici. Elle n'avait pas plus étudié que moi ; mais, quand elle me regardait en m'appelant son ami, il m'était impossible d'avoir du chagrin.

« — Sans doute, lui disais-je, il n'y a point d'ami aussi agréable qu'une maîtresse qui nous aime. Il y a de plus dans la femme une gaieté légère qui dissipe la tristesse de l'homme. Ses grâces font évanouir les noirs fantômes de la réflexion. Sur son visage sont les doux attraits et la confiance. Quelle joie n'est rendue plus vive par sa joie ? quel front ne se déride à son sourire ? quelle colère résiste à ses larmes ? Virginie reviendra avec plus de philosophie que vous n'en avez. Elle sera bien surprise de ne pas trouver le jardin tout à fait rétabli, elle qui ne songe qu'à l'embellir, malgré les persécutions de sa parente, loin de sa mère et de vous ».

L'idée du retour prochain de Virginie renouvelait le courage de Paul et le ramenait à ses occupations champêtres. Heureux, au milieu de ses peines, de proposer à son travail une fin qui plaisait à sa passion.

Un matin, au point du jour (c'était le 24 décembre 1744), Paul, en se levant, aperçut un pavillon blanc arboré sur la montagne de la Découverte. Ce pavillon était le signalement d'un vaisseau qu'on voyait en mer. Paul courut à la ville pour savoir s'il n'apportait pas des nouvelles de Virginie. Il y resta jusqu'au retour du pilote du port, qui s'était embarqué pour aller le reconnaître, suivant l'usage. Cet homme ne revint que le soir. Il rapporta au gouverneur que le vaisseau signalé était le *Saint-Géran,* du port de sept cents tonneaux, commandé par un capitaine appelé Aubin ; qu'il était à quatre lieues au large, et qu'il ne mouillerait au Port-Louis que le lendemain dans l'après-dînée, si le vent était favorable. Il n'en faisait point du tout alors. Le pilote remit au gouverneur les lettres que ce vaisseau apportait de France. Il y en avait une pour Madame de La Tour, de l'écriture de Virginie. Paul s'en saisit aussitôt, la baisa avec transport, la mit dans son sein, et courut à l'habitation. Du plus loin qu'il aperçut la famille, qui attendait son retour sur le rocher des Adieux, il éleva la lettre en l'air sans pouvoir parler ; et aussitôt tout le monde se rassembla chez Madame de La Tour pour en entendre la lecture. Virginie mandait à sa mère qu'elle avait éprouvé beaucoup de mauvais procédés de la part de sa grand'tante, qui l'avait voulu marier malgré elle, ensuite déshéritée, et enfin renvoyée dans un temps qui ne lui permettait d'arriver à l'île de France que dans la saison des ouragans ; qu'elle avait essayé en vain de la fléchir en lui représentant ce qu'elle devait à sa mère et aux habitudes du premier âge ; qu'elle en avait été traitée de fille insensée, dont la tête était gâtée par les romans ; qu'elle n'était maintenant sensible qu'au bonheur de revoir et d'embrasser sa chère famille, et qu'elle eût satisfait cet ardent désir dès le jour même, si le capitaine lui eût permis de s'embarquer dans la chaloupe du pilote ; mais qu'il s'était opposé à son départ à cause de l'éloignement de la terre et d'une grosse mer qui régnait au large, malgré le calme des vents.

A peine cette lettre fut lue, que toute la famille, transportée de joie, s'écria : « Virginie est arrivée » ! Maîtres et serviteurs, tous s'embrassèrent. Madame de La Tour dit à Paul : « Mon fils, allez prévenir notre voisin de l'arrivée de Virginie ». Aussitôt Domingue alluma un flambeau de bois de ronde, et Paul et lui s'acheminèrent vers mon habitation.

Il pouvait être dix heures du soir. Je venais d'éteindre ma lampe et de me coucher, lorsque j'aperçus, à travers les palissades de ma cabane, une lumière dans les bois. Bientôt après, j'entendis la voix de Paul qui m'appelait. Je me lève ; et à peine j'étais habillé que Paul, hors de lui et tout essoufflé, me saute au cou en me disant : « Allons, allons, Virginie est arrivée. Allons au port ; le vaisseau y mouillera au point du jour. »

Sur-le-champ nous nous mettons en route. Comme nous traversions le bois de la Montagne-Longue, et que nous étions déjà sur le chemin des Pamplemousses au port, j'entendis quelqu'un marcher derrière nous. C'était un noir qui s'avançait à grands pas. Dès qu'il nous eut atteints, je lui demandai d'où il venait et où il allait en si grande hâte. Il me répondit : « Je viens du quartier de l'île appelé la Poudre-d'Or : on m'envoie au port avertir le gouverneur qu'un vaisseau de France est mouillé sous l'île d'Ambre. Il tire du canon pour demander du secours, car la mer est bien mauvaise ». Cet homme, ayant ainsi parlé, continua sa route sans s'arrêter davantage.

Je dis alors à Paul : « Allons vers le quartier de la Poudre-d'Or, au-devant de Virginie ; il n'y a que trois lieues d'ici ». Nous nous mîmes donc en route vers le nord de l'île. Il faisait une chaleur étouffante. La lune était levée : on voyait autour d'elle trois grands cercles noirs. Le ciel était d'une obscurité affreuse. On distinguait, à la lueur fréquente des éclairs, de longues files de nuages épais, sombres, peu élevés, qui s'entassaient vers le milieu de l'île, et venaient de la mer avec une grande vitesse, quoiqu'on ne sentît pas le moindre vent à terre. Chemin faisant, nous crûmes entendre rouler le tonnerre ; mais ayant prêté l'oreille attentivement, nous reconnûmes que c'étaient des coups de canon répétés par les échos. Ces coups de canon lointains, joints à l'aspect d'un ciel orageux, me firent frémir. Je ne pouvais douter qu'ils ne fussent les signaux de détresse d'un vaisseau en perdition. Une demi-heure après, nous n'entendîmes plus tirer du tout ; et ce silence me parut encore plus effrayant que le bruit lugubre qui l'avait précédé.

Nous nous hâtions d'avancer sans dire un mot, et sans oser nous communiquer nos inquiétudes. Vers minuit, nous arrivâmes tout en nage sur le bord de la mer, au quartier de la Poudre-d'Or. Les flots s'y brisaient avec un bruit épouvantable ; ils en couvraient les rochers et les grèves d'écume d'un blanc éblouissant et d'étincelles de feu. Malgré les ténèbres, nous distinguâmes, à ces lueurs phosphoriques, les pirogues des pêcheurs, qu'on avait tirées bien avant sur le sable.

A quelque distance de là, nous vîmes, à l'entrée du bois, un feu autour duquel plusieurs habitants s'étaient rassemblés. Nous fûmes nous y reposer en attendant le jour. Pendant que nous étions assis auprès de ce feu, un des habitants nous raconta que, dans l'après-midi, il avait vu un vaisseau en pleine mer, porté sur l'île par les courants ; que la nuit l'avait dérobé à sa vue ; que, deux heures après le coucher du soleil, il l'avait entendu tirer du canon pour appeler du secours ; mais que la mer était si mauvaise, qu'on n'avait pu mettre aucun

bateau dehors pour aller à lui, que, bientôt
après, il avait cru apercevoir ses fanaux allumés,
et que, dans ce cas, il craignait que le vaisseau,
venu si près du rivage, n'eût passé entre la
terre et la petite île d'Ambre, prenant celle-ci
pour le Coin-de-Mire, près duquel passent les
vaisseaux qui arrivent au Port-Louis : que, si
cela était, ce qu'il ne pouvait toutefois affir-
mer, ce vaisseau était dans le plus grand péril.
Un autre habitant prit la parole, et nous dit
qu'il avait traversé plusieurs fois le canal qui
sépare l'île d'Ambre de la côte ; qu'il l'avait
sondé, et que la tenure et le mouillage en
étaient très bons, et que le vaisseau y était en
parfaite sûreté, comme dans le meilleur port.
« J'y mettrais toute ma fortune, ajouta-t-il, et
j'y dormirais aussi tranquillement qu'à terre ».
Un troisième habitant dit qu'il était impossible
que ce vaisseau entrât dans ce canal, où à peine
les chaloupes pouvaient naviguer. Il assura
qu'il l'avait vu mouiller au delà de l'île d'Ambre ; en sorte que, si le vent venait à s'élever
au matin, il serait le maître de pousser au large
ou de gagner le port. D'autres habitants ouvri-
rent d'autres opinions. Pendant qu'ils contes-
taient entre eux, suivant la coutume des créoles
oisifs, Paul et moi nous gardions un profond
silence. Nous restâmes là jusqu'au petit point
du jour ; mais il faisait trop peu de clarté au

ciel pour qu'on pût distinguer aucun objet sur la mer, qui d'ailleurs était couverte de brume : nous n'entrevîmes au large qu'un nuage sombre, qu'on nous dit être l'île d'Ambre, située à un quart de lieue de la côte. On n'apercevait dans ce jour ténébreux que la pointe du rivage où nous étions, et quelques pitons des montagnes de l'intérieur de l'île, qui apparaissaient de temps en temps au milieu des nuages qui circulaient autour.

Vers les sept heures du matin, nous entendîmes dans les bois un bruit de tambour : c'était le gouverneur, M. de la Bourdonnaye, qui arrivait à cheval suivi d'un détachement de soldats armés de fusils et d'un grand nombre d'habitants et de noirs. Il plaça ses soldats sur le rivage et leur ordonna de faire feu de leurs armes tous à la fois. A peine leur décharge fut faite que nous aperçûmes sur la mer une lueur, suivie presque aussitôt d'un coup de canon. Nous jugeâmes que le vaisseau était à peu de distance de nous, et nous courûmes tous du côté où nous avions vu son signal. Nous aperçûmes alors, à travers le brouillard, le corps et les vergues d'un grand vaisseau. Nous en étions si près que, malgré le bruit des flots, nous entendîmes le sifflet du maître qui commandait la manœuvre, et les cris des matelots qui crièrent trois fois : Vive

LE ROI ! car c'est le cri des Français dans les dangers extrêmes, ainsi que dans les grandes joies : comme si, dans les dangers, ils appelaient leur prince à leur secours ou comme s'ils voulaient témoigner alors qu'ils sont prêts à périr pour lui.

Depuis le moment où le *Saint-Géran* aperçut que nous étions à portée de le secourir, il ne cessa de tirer du canon de trois minutes en trois minutes. M. de la Bourdonnaye fit allumer de grands feux de distance en distance sur la grève, et envoya chez tous les habitants du voisinage chercher des vivres, des planches, des câbles et des tonneaux vides. On en vit arriver bientôt une foule, accompagnés de leurs noirs, chargés de provisions et d'agrès qui venaient des habitations de la Poudre-d'Or, du quartier de Flacque et de la rivière du Rempart. Un des plus anciens de ces habitants s'approcha du gouverneur, et lui dit : « Monsieur, on a entendu, toute la nuit, des bruits sourds dans la montagne ; dans les bois, les feuilles des arbres remuent sans qu'il fasse du vent ; les oiseaux de marine se réfugient à terre : certainement tous ces signes annoncent un ouragan. — Eh bien, mes amis, répondit le gouverneur, nous y sommes préparés, et sûrement le vaisseau l'est aussi ».

En effet, tout présageait l'arrivée prochaine

d'un ouragan. Les nuages qu'on distinguait au zénith étaient, à leur centre, d'un noir affreux, et cuivrés sur leurs bords. L'air retentissait des cris des paille-en-culs, des frégates, des coupeurs-d'eau et d'une multitude d'oiseaux de marine, qui, malgré l'obscurité de l'atmosphère, venaient, de tous les points de l'horizon, chercher des retraites dans l'île.

Vers les neuf heures du matin, on entendit du côté de la mer des bruits épouvantables, comme si des torrents d'eau, mêlés à des tonnerres, eussent roulé du haut des montagnes. Tout le monde s'écria : « Voilà l'ouragan » ! et dans l'instant un tourbillon affreux de vent enleva la brume qui couvrait l'île d'Ambre et son canal. Le *Saint-Géran* parut alors à découvert avec son pont chargé de monde, ses vergues et ses mâts de hunes amenés sur le tillac, son pavillon en berne, quatre câbles sur son avant, et un de retenue sur son arrière. Il était mouillé entre l'île d'Ambre et la terre, en deçà de la ceinture de récifs qui entoure l'île de France, et qu'il avait franchie par un endroit où jamais vaisseau n'avait passé avant lui. Il présentait son avant aux flots qui venaient de la pleine mer, et à chaque lame d'eau qui s'engageait dans le canal, sa proue se soulevait tout entière, de sorte qu'on en voyait la carène en l'air ; mais, dans ce mouvement, sa poupe, venant à plonger, disparaissait à la vue jusqu'au couronnement, comme si elle eût été submergée. Dans cette position où le vent et la mer le jetaient à terre, il lui était également impossible de s'en aller par où il était venu, ou, en coupant ses câbles, d'échouer sur le rivage, dont il était séparé par des hauts-fonds semés de récifs. Chaque lame qui venait briser sur la côte s'avançait en mugissant jusqu'au fond des anses, et y jetait des galets à plus de cinquante pieds dans les terres ; puis, venant à se retirer, elle découvrait une grande partie du lit du rivage dont elle roulait les cailloux avec un bruit rauque et affreux. La mer, soulevée par le vent, grossissait à chaque instant, et tout le canal compris entre cette île et l'île d'Ambre n'était qu'une vaste nappe d'écumes blanches, creusée de vagues profondes. Ces écumes s'amassaient dans le fond des anses à plus de six pieds de hauteur, et le vent, qui en balayait la surface, les portait par dessus l'escarpement du rivage à plus d'une demi-lieue dans les terres. A leurs flocons blancs et innombrables qui étaient chassés horizontalement jusqu'au pied des montagnes, on eût dit d'une neige qui sortait de la mer. L'horizon offrait tous les signes d'une longue tempête ; la mer y paraissait confondue avec le ciel. Il s'en détachait sans cesse des nuages d'une forme horrible, qui traversaient le zénith avec la vitesse des oiseaux, tandis que d'autres y paraissaient immobiles comme de grands rochers. On n'apercevait aucune partie azurée du firmament ; une lueur olivâtre et blafarde éclairait seule tous les objets de la terre, de la mer et des cieux.

Dans les balancements du vaisseau, ce qu'on craignait arriva : les câbles de son avant rompirent ; et, comme il n'était plus retenu que par une seule aussière, il fut jeté sur les rochers à une demi-encâblure du rivage. Ce ne fut qu'un cri de douleur parmi nous. Paul allait s'élancer à la mer, lorsque je le saisis par le bras : « Mon fils, lui dis-je, voulez-vous périr ? — Que j'aille à son secours, s'écria-t-il, ou que je meure » ! Comme le désespoir lui ôtait la raison, pour prévenir sa perte, Domingue et moi lui attachâmes à la ceinture une longue corde dont nous saisîmes l'une des extrémités. Paul alors s'avança vers le *Saint-Géran*, tantôt nageant, tantôt marchant sur les récifs. Quelquefois il avait l'espoir de l'aborder, car la mer, dans ses mouvements irréguliers, laissait le vaisseau presque à sec, de manière qu'on eût pu en faire le tour à pied ; mais bientôt après, revenant sur ses pas avec une nouvelle furie, elle le couvrait d'énormes voûtes d'eau qui soulevaient tout l'avant de sa carène, et rejetaient bien loin sur le rivage le malheureux Paul les jambes en sang, la poitrine meurtrie, et à demi noyé. A peine ce jeune homme avait-il repris l'usage de ses sens, qu'il se relevait et retournait avec une nouvelle ardeur vers le vaisseau, que la mer cependant entr'ouvrait par d'horribles secousses. Tout l'équipage, désespérant alors de son salut, se précipitait en foule à la mer sur des vergues, des planches, des cages à poules, des tables et des tonneaux. On vit alors un objet digne d'une éternelle pitié : une jeune demoiselle parut dans la galerie de la poupe du *Saint-Géran*, tendant les bras vers celui qui faisait tant d'efforts pour la joindre. C'était Virginie. Elle avait reconnu son amant à son intrépidité. La vue de cette aimable personne, exposée à un si terrible danger, nous remplit de douleur et de désespoir. Pour Virginie, d'un port noble et assuré, elle nous fait signe de la main, comme nous disant un éternel adieu. Tous les matelots s'étaient jetés à la mer. Il n'en restait plus qu'un sur le pont, qui était tout nu et nerveux comme Hercule. Il s'approcha de Virginie avec respect : nous le vîmes se jeter à ses genoux et s'efforcer même de lui ôter ses habits ; mais elle, le repoussant avec dignité, détourna de lui sa vue. On entendit aussitôt ces cris redoublés des spectateurs : « Sauvez-la, sauvez-la, ne la quittez pas » ! Mais dans ce moment, une montagne d'eau d'une effroyable grandeur s'engouffra entre l'île d'Ambre et la côte, et s'avança en rugissant vers le vaisseau qu'elle menaçait de ses flancs noirs et de ses sommets écumants.

A cette terrible vue, le matelot s'élança seul à la mer ; et Virginie, voyant la mort inévitable, posa une main sur ses habits, l'autre sur son cœur, et, levant en haut des yeux sereins, parut un ange qui prend son vol vers les cieux.

O jour affreux ! hélas ! tout fut englouti. La lame jeta bien avant dans les terres une partie des spectateurs qu'un mouvement d'humanité avait portés à s'avancer vers Virginie, ainsi que le matelot qui l'avait voulu sauver à la nage. Cet homme, échappé à une mort certaine, s'agenouilla sur le sable, en disant : « O mon Dieu ! vous m'avez sauvé la vie ; mais je l'aurais donnée de bon cœur pour cette digne demoiselle qui n'a jamais voulu se déshabiller comme moi ». Domingue et moi nous retirâmes des flots le malheureux Paul, sans connaissance, rendant le sang par la bouche et par les oreilles. Le gouverneur le fit mettre entre les mains des chirurgiens ; et nous cherchâmes de notre côté, le long du rivage, si la mer n'y apportait point le corps de Virginie ; mais le vent ayant tourné subitement, comme il arrive dans les ouragans, nous eûmes le chagrin de penser que nous ne pourrions pas même rendre à cette fille infortunée les devoirs de la sépulture. Nous nous éloignâmes de ce lieu, accablés de consternation, tous l'esprit frappé d'une seule perte, dans un naufrage où un grand nombre de personnes avaient péri, la plupart doutant, d'après une fin aussi funeste d'une fille si vertueuse, qu'il existât une Providence ; car il y a des maux si terribles et si peu mérités, que l'espérance même du sage en est ébranlée.

Cependant on avait mis Paul, qui commençait à reprendre ses sens, dans une maison voisine, jusqu'à ce qu'il fût en état d'être transporté à son habitation. Pour moi, je m'en revins avec Domingue, afin de préparer la mère de Virginie et son amie à ce désastreux événement. Quand nous fûmes à l'entrée du vallon de la rivière des Lataniers, des noirs nous dirent que la mer jetait beaucoup de débris du vaisseau dans la baie vis-à-vis. Nous y descendîmes, et un des premiers objets que j'aperçus sur le rivage fut le corps de Virginie. Elle était à moitié couverte de sable, dans l'attitude où nous l'avions vue périr. Ses traits n'étaient point sensiblement altérés. Ses yeux étaient fermés ; mais la sérénité était encore sur son front : seulement les pâles violettes de la mort se confondaient sur ses joues avec les roses de la pudeur. Une de ses mains était sur ses habits, et l'autre, qu'elle appuyait sur son cœur, était fortement fermée et raidie. J'en dégageai avec peine une petite boîte ; mais quelle fut ma surprise lorsque je vis que c'était le portrait de Paul, qu'elle lui avait promis de ne jamais abandonner tant qu'elle vivrait ! A cette dernière marque de la constance et de l'amour de cette fille infortunée, je pleurai amèrement. Pour Domingue, il se frappait la poitrine, et perçait l'air de ses cris douloureux. Nous portâmes le corps de Virginie dans une cabane de pêcheurs, où nous le donnâmes à garder à de pauvres femmes malabares, qui prirent soin de le laver.

Pendant qu'elles s'occupaient de ce triste office, nous montâmes à l'habitation. Nous y trouvâmes Madame de La Tour et Marguerite en prière, en attendant des nouvelles du vaisseau. Dès que Madame de la Tour m'aperçut, elle s'écria : « Où est ma fille, ma chère fille, mon enfant » ? Ne pouvant douter de son malheur à mon silence et à mes larmes, elle fut saisie tout à coup d'étouffements et d'angoisses douloureuses ; sa voix ne faisait plus entendre que des soupirs et des sanglots. Pour Marguerite, elle s'écria : « Où est mon fils ? je ne vois point mon fils » ! et elle s'évanouit.

Nous courûmes à elle ; et, l'ayant fait revenir, je l'assurai que Paul était vivant, et que le gouverneur en faisait prendre soin. Elle ne reprit ses sens que pour s'occuper de son amie, qui tombait de temps en temps dans de longs évanouissements. Madame de La Tour passa tout la nuit dans ces cruelles souffrances ; et, par leurs longues périodes, j'ai jugé qu'aucune douleur n'était égale à la douleur maternelle. Quand elle recouvrait la connaissance, elle tournait des regards fixes et mornes vers le ciel. En vain son amie et moi nous lui pressions les mains dans les nôtres, en vain nous l'appelions par les noms les plus tendres ; elle paraissait insensible à ces témoignages de notre ancienne affection, et il ne sortait de sa poitrine oppressée que de sourds gémissements.

Dès le matin, on apporta Paul, couché dans un palanquin. Il avait repris l'usage de ses sens ; mais il ne pouvait proférer une parole. Son entrevue avec sa mère et Madame de La Tour, que j'avais d'abord redoutée, produisit un meilleur effet que tous les soins que j'avais pris jusqu'alors. Un rayon de consolation parut sur le visage de ces deux malheureuses mères. Elles se mirent l'une et l'autre auprès de lui, le saisirent dans leurs bras, le baisèrent ; et leurs larmes, qui avaient été suspendues jusqu'alors par l'excès de leur chagrin, commencèrent à couler. Paul y mêla bientôt les siennes. La nature s'étant ainsi soulagée dans ces trois infortunés, un long assoupissement succéda à l'état convulsif de leur douleur, et leur procura un repos léthargique, semblable, à la vérité, à celui de la mort.

M. de La Bourdonnaye m'envoya avertir secrètement que le corps de Virginie avait été apporté à la ville par son ordre, et que de là on allait le transférer à l'église des Pample-mousses. Je descendis aussitôt au Port-Louis, où je trouvai des habitants de tous les quar-tiers rassemblés pour assister à ses funérailles, comme si l'île eût perdu en elle ce qu'elle avait de plus cher. Dans le port, les vaisseaux avaient leurs vergues croisées, leurs pavillons en berne, et tiraient du canon par longs inter-valles. Des grenadiers ouvraient la marche du convoi. Ils portaient leurs fusils baissés ; leurs tambours, couverts de longs crêpes, ne faisaient entendre que des sons lugubres, et on voyait l'abattement peint dans les traits de ces guer-riers, qui avaient tant de fois affronté la mort dans les combats sans changer de visage. Huit jeunes demoiselles des plus considérables de l'île, vêtues de blanc et tenant des palmes à la main, portaient le corps de leur vertueuse com-pagne, couvert de fleurs. Un chœur de petits enfants le suivait en chantant des hymnes ; après eux venait tout ce que l'île avait de plus distingué dans ses habitants et dans son état-major, à la suite duquel marchait le gouverneur, suivi de la foule du peuple.

Voilà ce que l'administration avait ordonné pour rendre quelques honneurs à la vertu de Virginie. Mais, quand son corps fut arrivé au pied de cette montagne, à la vue de ces mêmes cabanes dont elle avait fait si longtemps le bonheur, et que sa mort remplissait maintenant de désespoir, toute la pompe funèbre fut dérangée : les hymnes et les chants cessèrent ; on n'entendit plus dans la plaine que des soupirs et des sanglots. On vit accourir alors des troupes de jeunes filles des habitations voisines pour faire toucher au cercueil de Virginie des mouchoirs, des chapelets et des couronnes de fleurs, en l'invoquant comme une sainte. Les mères demandaient à Dieu une fille comme elle ; les garçons, des amantes aussi constantes ; les pauvres, une amie aussi tendre ; les esclaves, une maîtresse aussi bonne.

Lorsqu'elle fut arrivée au lieu de la sépulture, des négresses de Madagascar et des Cafres de Mozambique déposèrent autour d'elle des paniers de fruits, et suspendirent des pièces d'étoffes aux arbres voisins, suivant l'usage de leur pays ; des Indiennes du Bengale et de la côte malabare apportèrent des cages pleines d'oiseaux auxquels elles donnèrent la liberté sur son corps ; tant la perte d'un objet aimable inté-

resse toutes les nations ! et tant est grand le pouvoir de la vertu malheureuse, puisqu'elle réunit
toutes les religions autour de son tombeau !

Il fallut mettre des gardes auprès de sa
fosse, et en écarter quelques filles de pauvres
habitants, qui voulaient s'y jeter à toute force,
disant qu'elles n'avaient plus de consolation à
espérer dans le monde, et qu'il ne leur restait
qu'à mourir avec celle qui était leur unique
bienfaitrice.

On l'enterra près de l'église des Pamplemousses, sur son côté occidental, près d'une
touffe de bambous, où, en venant à la messe
avec sa mère et Marguerite, elle aimait à se
reposer, assise à côté de celui qu'elle appelait
alors son frère.

Au retour de cette pompe funèbre, M. de La
Bourdonnaye monta ici, suivi d'une partie de
son nombreux cortège. Il offrit à Madame de
La Tour et à son amie tous les secours qui dé-
pendaient de lui. Il s'exprima en peu de mots,
mais avec indignation, contre sa tante dénaturée ; et, s'approchant de Paul, il lui dit ce qu'il
crut propre à le consoler : « Je désirais, lui
dit-il, votre bonheur et celui de votre famille,
Dieu m'en est témoin. Mon ami, il faut aller
en France ; je vous ferai avoir du service. Dans
votre absence, j'aurai soin de votre mère
comme de la mienne ». Et en même temps il

lui présenta la main ; mais Paul retira la sienne et détourna la tête pour ne le pas voir.

Pour moi, je restai dans l'habitation de mes amies infortunées, pour leur donner, ainsi qu'à Paul, tous les secours dont j'étais capable. Au bout de trois semaines, Paul fut en état de marcher ; mais son chagrin paraissait augmenter à mesure que son corps reprenait des forces. Il était insensible à tout, ses regards étaient éteints, et il ne répondait rien à toutes les questions qu'on pouvait lui faire. Madame de La Tour, qui était mourante, lui disait souvent : « Mon fils, tant que je vous verrai, je croirai voir ma chère Virginie ». A ce nom de Virginie, il tressaillait et s'éloignait d'elle, malgré les invitations de sa mère, qui le rappelait auprès de son amie. Il allait seul se retirer dans le jardin, et s'asseyait au pied du cocotier de Virginie, les yeux fixés sur sa fontaine. Le chirurgien du gouverneur, qui avait pris le plus grand soin de lui et de ces dames, nous dit que pour le tirer de sa noire mélancolie, il fallait lui laisser faire tout ce qui lui plaisait, sans le contrarier en rien ; qu'il n'y avait que ce seul moyen de vaincre le silence auquel il s'obstinait.

Je résolus de suivre son conseil. Dès que Paul sentit ses forces un peu rétablies, le premier usage qu'il en fit fut de s'éloigner de l'habitation. Comme je ne le perdais pas de vue, je me mis en marche après lui, je dis à Domingue de prendre des vivres et de nous accompagner. A mesure que ce jeune homme descendait de cette montagne, sa joie et ses forces semblaient renaître. Il prit d'abord le chemin des Pamplemousses ; et quand il fut auprès de l'église, dans l'allée des bambous, il s'en fut droit au lieu où il vit de la terre fraîchement remuée : là il s'agenouilla, et, levant les yeux au ciel, il fit une longue prière. Sa démarche me parut de bon augure pour le retour de sa raison, puisque cette marque de confiance envers l'Etre suprême faisait voir que son âme commençait à reprendre ses fonctions naturelles. Domingue et moi, nous nous mîmes à genoux à son exemple, et nous priâmes avec lui. Ensuite il se leva, et prit sa route vers le nord de l'île, sans faire beaucoup d'attention à nous. Comme je savais qu'il ignorait non seulement où on avait déposé le corps de Virginie, mais même s'il avait été retiré de la mer, je lui demandai pourquoi il avait été prier Dieu au pied de ces bambous ; il me répondit : « Nous y avons été si souvent » !

Il continua sa route jusqu'à l'entrée de la forêt, où la nuit nous surprit. Là, je l'engageai par mon exemple à prendre quelque nourriture ; ensuite nous dormîmes sur l'herbe au pied d'un arbre. Le lendemain, je crus qu'il se déterminerait à revenir sur ses pas. En effet, il regarda quelque temps dans la plaine l'église des Pamplemousses avec ses longues avenues de bambous, et il fit quelques mouvements comme pour y retourner ; mais il s'enfonça brusquement dans la forêt, en dirigeant toujours sa route vers le nord. Je pénétrai son intention, et je m'efforçai en vain de l'en distraire. Nous arrivâmes sur le milieu du jour au quartier de la Poudre-d'Or. Il descendit précipitamment au bord de la mer, vis-à-vis du lieu où avait péri le *Saint-Géran*. A la vue de l'île d'Ambre, et de son canal, alors uni comme un miroir, il s'écria : « Virginie ! ô ma chère Virginie » ! et aussitôt il tomba en défaillance. Domingue et moi nous le portâmes dans l'intérieur de la forêt, où nous le fîmes revenir avec bien de la peine. Dès qu'il eut repris ses sens, il voulut retourner sur les bords de la mer ; mais l'ayant supplié de ne pas renouveler sa douleur et la nôtre par de si cruels ressouvenirs, il prit une autre direction. Enfin, pendant huit jours, il se rendit dans tous les lieux où il s'était trouvé avec la compagne de son enfance. Il parcourut le sentier par où elle avait été demander la grâce de l'esclave de la Rivière-Noire ; il revit ensuite les bords de la rivière des Trois-Mamelles, où elle s'assit, ne pouvant plus marcher, et la partie du bois où elle s'était égarée. Tous les lieux qui lui rappelaient les inquiétudes, les jeux, les repas, la bienfaisance de sa bien-aimée ; la rivière de la Montagne-Longue, ma petite maison, la cascade voisine, le papayer qu'elle avait planté, les pelouses où elle aimait à courir, les carrefours de la forêt où elle se plaisait à chanter, firent tour à tour couler ses larmes ; et les mêmes échos qui avaient retenti tant de fois de leurs cris de joie communs, ne répétaient plus maintenant que ces mots douloureux : « Virginie ! ô ma chère Virginie » !

Dans cette vie sauvage et vagabonde, ses yeux se cavèrent, son teint jaunit, et sa santé s'altéra de plus en plus. Persuadé que le sentiment de nos maux redouble par le souvenir de nos plaisirs, et que les passions s'accroissent dans la solitude, je résolus d'éloigner mon infortuné ami des lieux qui lui rappelaient le souvenir de sa perte, et de le transférer dans quelque endroit de l'île où il y eût beaucoup de dissipation. Pour cet effet, je le conduisis sur les hauteurs habitées du quartier de Williams, où il n'avait jamais été. L'agriculture et le commerce répandaient dans cette partie de l'île beaucoup de mouvement et de variété. Il y avait des troupes de charpentiers qui équarrissaient des bois, et d'autres qui les sciaient en planches ; des voitures allaient et venaient le long de ses chemins ; de grands troupeaux de bœufs et de chevaux y paissaient dans de vastes pâturages, et la campagne y était parsemée d'habitations. L'élévation du sol y permettait en plusieurs lieux la culture de diverses espèces de végétaux de l'Europe. On y voyait çà et là des moissons de blé dans la plaine, des tapis de fraisiers dans les éclaircies des bois, et des haies de rosiers le long des routes. La fraîcheur de l'air, en donnant de la tension aux nerfs, y était même favorable à la santé des blancs. De ces hauteurs, situées vers le milieu de l'île, et entourées de grands bois, on n'apercevait ni la mer, ni le Port-Louis, ni l'église des Pamplemousses, ni rien qui pût rappeler à Paul le souvenir de Virginie. Les montagnes mêmes, qui présentent différentes branches du côté du Port-Louis, n'offrent plus du côté des plaines de Williams qu'un vaste promontoire en ligne droite et perpendiculaire, d'où s'élèvent plusieurs longues pyramides de rochers où se rassemblent les nuages.

Ce fut donc dans ces plaines que je conduisis Paul. Je le tenais sans cesse en action, marchant avec lui au soleil et à la pluie, de jour et de nuit, l'égarant exprès dans les bois, les défrichés, les champs, afin de distraire son esprit par la fatigue de son corps, et de donner le change à ses réflexions par l'ignorance du lieu où nous étions et du chemin que nous avions perdu. Mais l'âme d'un amant retrouve partout les traces de l'objet aimé. La nuit et le jour, le calme des solitudes et le bruit des habitations, le temps même qui emporte tant de souvenirs, rien ne put l'en écarter. Comme l'aiguille touchée de l'aimant, elle a beau être agitée, dès qu'elle rentre dans son repos, elle se tourne vers le pôle qui l'attire. Quand je demandais à Paul, égaré au milieu des plaines de Williams : « Où irons-nous maintenant » ? il se tournait vers le nord, et me disait : « Voilà nos montagnes, retournons-y ».

Je vis bien que tous les moyens que je tentais pour le distraire étaient inutiles, et qu'il ne me restait d'autre ressource que d'attaquer sa passion en elle-même, en y employant toutes les forces de ma faible raison. Je lui répondis donc : « Oui, voilà les montagnes où demeurait votre chère Virginie, et voilà le portrait que vous lui aviez donné, et qu'en mourant elle portait sur son cœur, dont les derniers mouvements ont encore été pour vous ». Je présentai alors à Paul le petit portrait qu'il avait donné à Virginie, au bord de la fontaine des Cocotiers. A cette vue, une joie funeste parut dans ses regards. Il saisit avidement ce portrait de ses faibles mains, et le porta sur sa bouche. Alors sa poitrine s'oppressa, et, dans ses yeux à demi sanglants, des larmes s'arrêtèrent sans pouvoir couler.

Je lui dis : « Mon fils, écoutez-moi, qui suis votre ami, qui ai été celui de Virginie, et qui, au milieu de vos espérances, ai souvent tâché de fortifier votre raison contre les accidents imprévus de la vie. Que déplorez-vous avec tant d'amertume ? est-ce votre malheur ? est-ce celui de Virginie ?

« Votre malheur ? Oui, sans doute, il est grand. Vous avez perdu la plus aimable des filles, qui aurait été la plus digne des femmes. Elle avait sacrifié ses intérêts aux vôtres, et vous avait préféré à la fortune, comme la seule récompense digne de sa vertu. Mais que savez-vous si l'objet de qui vous deviez attendre un bonheur si pur n'eût pas été pour vous la source d'une infinité de peines ? Elle était sans bien, et déshéritée ; vous n'aviez désormais à partager avec elle que votre seul travail. Revenue plus délicate par son éducation, et plus courageuse par son malheur même, vous l'auriez vue chaque jour succomber, en s'efforçant de partager vos fatigues. Quand elle vous aurait donné des enfants, ses peines et les vôtres auraient augmenté, par la difficulté de soutenir seule avec vous de vieux parents et une famille naissante.

« Vous me direz : Le gouverneur nous aurait aidés. Que savez-vous si, dans une colonie qui change si souvent d'administrateurs, vous aurez souvent des La Bourdonnaye ? s'il ne viendra pas ici des chefs sans mœurs et sans morale ? si, pour obtenir quelque misérable secours, votre épouse n'eût pas été obligée de leur faire sa cour ? Ou elle eût été faible, et vous eussiez été à plaindre ; ou elle eût été sage, et vous fussiez resté pauvre : heureux si, à cause de sa beauté et de sa vertu, vous n'eussiez pas été persécuté par ceux mêmes de qui vous espériez de la protection !

« Il me fût resté, me direz-vous, le bonheur, indépendant de la fortune, de protéger l'objet aimé qui s'attache à nous à proportion de sa faiblesse même ; de le consoler par mes propres inquiétudes ; de le réjouir de ma tristesse, et d'accroître notre amour de nos peines mutuelles. Sans doute, la vertu et l'amour jouissent de ces plaisirs amers. Mais elle n'est plus ; et il vous reste ce qu'après vous elle a le plus aimé, sa mère et la vôtre, que votre douleur inconsolable conduira au tombeau. Mettez votre bonheur à les aider, comme elle l'y avait mis elle-même. Mon fils, la bienfaisance est le bonheur de la vertu ; il n'y en a point de plus assuré ni de plus grand sur la terre. Les projets de plaisirs, de repos, de délices, d'abondance, de gloire, ne sont point faits pour l'homme, faible, voyageur et passager. Voyez comme un pas vers la fortune nous a précipités tous d'abîme en abîme. Vous vous y êtes opposé, il est vrai ; mais qui n'eût pas cru que le voyage de Virginie devait se terminer par son bonheur et par le vôtre ? Les invitations d'une parente riche et âgée, les conseils d'un riche gouverneur, les applaudissements d'une colonie, les exhortations et l'autorité d'un prêtre, ont décidé du malheur de Virginie. Ainsi nous courons à notre perte, trompés par la prudence même de ceux qui nous gouvernent. Il eût mieux valu sans doute ne pas les croire, ni se fier à la voix et aux espérances d'un monde trompeur. Mais enfin, de tant d'hommes que nous voyons si occupés dans ces plaines, de tant d'autres qui vont chercher la fortune aux Indes, ou qui, sans sortir de chez eux, jouissent en repos, en Europe, des travaux de ceux-ci, il n'y en a aucun qui ne soit destiné à perdre un jour ce qu'il chérit le plus, grandeur, fortune, femme, enfants, amis. La plupart auront à joindre à leur perte le souvenir de leur propre imprudence. Pour vous, en rentrant en vous-même, vous n'avez rien à vous reprocher. Vous avez été fidèle à votre foi. Vous avez eu à la fleur de la jeunesse la prudence d'un sage, en ne vous écartant pas du sentiment de la nature. Vos vues seules étaient légitimes, parce qu'elles étaient pures, simples, désintéressées, et que vous aviez sur Virginie des droits sacrés qu'aucune fortune ne pouvait balancer. Vous l'avez perdue, et ce n'est ni votre avarice, ni votre fausse sagesse, qui vous l'ont fait perdre, mais Dieu même, qui a employé les passions d'autrui pour vous ôter l'objet de votre amour ; Dieu, de qui vous tenez tout, qui voit tout ce qui vous convient et dont la sagesse ne vous laisse aucun lieu au repentir et au désespoir, qui marchent à la suite des maux dont nous avons été la cause.

« Voilà ce que vous pouvez vous dire dans votre infortune : Je ne l'ai pas méritée. Est-ce donc le malheur de Virginie, sa fin, son état présent, que vous déplorez ? Elle a subi le sort réservé à la naissance, à la beauté et aux empires mêmes. La vie de l'homme, avec tous ses projets, s'élève comme une petite tour dont la mort est le couronnement. En naissant, elle était condamnée à mourir. Heureuse d'avoir dénoué les liens de la vie avant sa mère, avant la vôtre, avant vous, c'est-à-dire de n'être pas morte plusieurs fois avant la dernière !

« La mort, mon fils, est un bien pour tous les hommes ; elle est la nuit de ce jour inquiet qu'on appelle la vie. C'est dans le sommeil de la mort que reposent pour jamais les maladies, les douleurs, les chagrins, les craintes, qui agitent sans cesse les malheureux vivants. Examinez les hommes qui paraissent les plus

176

heureux : vous verrez qu'ils ont acheté leur prétendu bonheur bien chèrement : la considération publique, par des maux domestiques ; la fortune, par la perte de la santé ; le plaisir si rare d'être aimé, par des sacrifices continuels ; et souvent, à la fin d'une vie sacrifiée aux intérêts d'autrui, ils ne voient autour d'eux que des amis faux et des parents ingrats. Mais Virginie a été heureuse jusqu'au dernier moment. Elle l'a été avec nous par les biens de la nature ; loin de nous, par ceux de la vertu : et, même, dans le moment terrible où nous l'avons vue périr, elle était encore heureuse ; car, soit qu'elle jetât les yeux sur une colonie entière, à qui elle causait une désolation universelle, ou sur vous, qui couriez avec tant d'intrépidité à son secours, elle a vu combien elle nous était chère à tous. Elle s'est fortifiée contre l'avenir par le souvenir de l'innocence de sa vie ; et elle a reçu alors le prix que le Ciel réserve à la vertu, un courage supérieur au danger. Elle a présenté à la mort un visage serein.

« Mon fils, Dieu donne à la vertu tous les événements de la vie à supporter, pour faire voir qu'elle seule peut en faire usage, et y trouver du bonheur et de la gloire. Quand il lui réserve une réputation illustre, il l'élève sur un grand théâtre, et la met aux prises avec la mort ; alors son courage sert d'exemple, et le souvenir de ses malheurs reçoit à jamais un tribut de larmes de la postérité. Voilà le monument immortel qui lui est réservé sur une terre où tout passe, et où la mémoire même de la plupart des rois est bientôt ensevelie dans un éternel oubli.

« Mais Virginie existe encore. Mon fils, voyez que tout change sur la terre, et que rien ne s'y perd. Aucun art humain ne pourrait anéantir la plus petite particule de matière : et ce qui fut raisonnable, sensible, aimant, vertueux, religieux, aurait péri, lorsque les éléments dont il était revêtu sont indestructibles ! Ah ! si Virginie a été heureuse avec nous, elle l'est maintenant bien davantage. Il y a un Dieu, mon fils : toute la nature l'annonce ; je n'ai pas besoin de vous le prouver. Il n'y a que la méchanceté des hommes qui leur fasse nier une justice qu'ils craignent. Son sentiment est dans votre cœur, ainsi que ses ouvrages sont sous vos yeux. Croyez-vous donc qu'il laisse Virginie sans récompense ? Croyez-vous que cette même puissance, qui avait revêtu cette âme si noble d'une forme si belle, où vous sentiez un art divin, n'aurait pu la tirer des flots ? que celui qui a arrangé le bonheur actuel des hommes par des lois que vous ne connaissez pas, ne puisse en préparer un autre à Virginie par des lois qui vous sont également inconnues ? Quand nous étions dans le néant, si nous eussions été capables de penser, aurions-nous pu nous former une idée de notre existence ? Et maintenant que nous sommes dans cette existence ténébreuse et fugitive, pouvons-nous prévoir ce qu'il y a au-delà de la mort, par où nous devons en sortir ? Dieu a-t-il besoin, comme l'homme, du petit globe de notre terre pour servir de théâtre à son intelligence et à sa bonté ; et n'a-t-il pu propager la vie humaine que dans les champs de la mort ? Il n'y a pas dans l'Océan une seule goutte d'eau qui ne soit pleine d'êtres vivants qui ressortissent à nous ; et il n'existerait rien pour nous parmi tant d'astres qui roulent sur nos têtes ! Quoi ! il n'y aurait d'intelligence suprême et de bonté divine, précisément que là où nous sommes ! et dans ces globes rayonnants et innombrables, dans ces champs infinis de lumière qui les environnent, que ni les orages ni les nuits n'obscurcissent jamais, il n'y aurait qu'un espace vain et un néant éternel ! Si nous, qui ne nous sommes rien donné, osions assigner des bornes à la puissance de laquelle nous avons tout reçu, nous pourrions croire que nous sommes ici sur les limites de son empire, où la vie se débat avec la mort, et l'innocence avec la tyrannie !

« Sans doute, il est quelque part un lieu où la vertu reçoit sa récompense. Virginie maintenant est heureuse. Ah ! si du séjour des anges elle pouvait se communiquer à vous, elle vous dirait, comme dans ses adieux : O Paul ! la vie n'est qu'une épreuve. J'ai été trouvée fidèle aux lois de la nature, de l'amour et de la vertu. J'ai traversé les mers pour obéir à mes parents, j'ai renoncé aux richesses pour conserver ma foi, et j'ai mieux aimé perdre la vie que de violer la pudeur. Le ciel a trouvé ma carrière suffisamment remplie. J'ai échappé pour toujours à la pauvreté, à la calomnie, aux tempêtes, au spectacle des douleurs d'autrui. Aucun des maux qui effrayent les hommes ne peut plus désormais m'atteindre ; et vous me plaignez ! Je suis pure et inaltérable comme une particule de lumière ; et vous me rappelez dans la vie de la nuit ! O Paul ! ô mon ami, souviens-toi de ces jours de bonheur, où dès le matin nous goûtions la volupté des cieux, se levant avec le soleil sur le piton de ces rochers, et se répandant avec ses rayons au sein de nos forêts. Nous éprouvions un ravissement dont nous ne pouvions comprendre la cause. Dans nos souhaits innocents, nous désirions être tout vue, pour jouir des riches couleurs de l'aurore ; tout odorat, pour sentir les parfums de nos plantes ; tout ouïe, pour entendre les concerts de nos oiseaux ; tout cœur, pour reconnaître ces bienfaits. Maintenant, à la source de la beauté d'où découle tout ce qui est agréable sur la terre, mon âme voit, goûte, entend, touche immédiatement ce qu'elle ne pouvait sentir alors que par de faibles organes. Ah ! quelle langue pourrait décrire ces rivages d'un orient éternel, que j'habite pour toujours ? Tout ce qu'une puissance infinie et une bonté céleste ont pu créer pour consoler un être malheureux ; tout ce que l'amitié d'une infinité d'êtres, réjouis de la même félicité, peut mettre d'harmonie dans des transports communs, nous l'éprouvons sans mélange. Soutiens donc l'épreuve qui t'est donnée, afin d'accroître le bonheur de ta Virginie par des amours qui n'auront plus de terme, par un hymen dont les flambeaux ne pourront plus s'éteindre. Là, j'apaiserai tes regrets ; là, j'essuierai tes larmes. O mon ami ! mon jeune époux ! élève ton âme vers l'infini pour supporter des peines d'un moment ».

Ma propre émotion mit fin à mon discours. Pour Paul, me regardant fixement, il s'écria : « Elle n'est plus ! elle n'est plus » ! et une longue faiblesse succéda à ces douloureuses paroles. Ensuite, revenant à lui, il dit : « Puisque la mort est un bien, et que Virginie est heureuse, je veux aussi mourir pour me rejoindre à Virginie ». Ainsi mes motifs de consolation ne servirent qu'à nourrir son désespoir. J'étais comme un homme qui veut sauver son ami coulant à fond au milieu d'un fleuve sans vouloir nager. La douleur l'avait submergé. Hélas ! les malheurs du premier âge préparent l'homme à entrer dans la vie, et Paul n'en avait jamais éprouvé.

Je le ramenai à son habitation. J'y trouvai sa mère et Madame de La Tour dans un état de langueur qui avait encore augmenté. Marguerite était la plus abattue. Les caractères vifs, sur lesquels glissent les peines légères, sont ceux qui résistent le moins aux grands chagrins.

Elle me dit : « O mon bon voisin ! il m'a semblé, cette nuit, voir Virginie vêtue de blanc, au milieu de bocages et de jardins délicieux. Elle m'a dit : Je jouis d'un bonheur digne d'envie. Ensuite, elle s'est approchée de Paul d'un air riant, et l'a enlevé avec elle. Comme je m'efforçais de retenir mon fils, j'ai senti que je quittais moi-même la terre, et que je le suivais avec un bonheur inexprimable. Alors j'ai voulu dire adieu à mon amie ; et aussitôt je l'ai vue qui nous suivait avec Marie et Domingue. Mais ce que je trouve encore de plus étrange, c'est que Madame de La Tour a fait, cette même nuit, un songe accompagné des mêmes circonstances ».

Je lui répondis : « Mon amie, je crois que rien n'arrive dans le monde sans la permission de Dieu. Les songes annoncent quelquefois la vérité ».

Madame de La Tour me fit le récit d'un songe tout à fait semblable, qu'elle avait fait cette même nuit. Je n'avais jamais remarqué dans ces deux dames aucun penchant à la superstition ;

je fus donc frappé de la concordance de leur songe, et je ne doutai pas en moi-même qu'il ne vînt à se réaliser. Cette opinion, que la vérité se présente quelquefois à nous pendant le sommeil, est répandue chez tous les peuples de la terre. Les plus grands hommes de l'antiquité y ont ajouté foi ; entre autres Alexandre, César, les Scipions, les deux Catons et Brutus, qui n'étaient pas des esprits faibles. L'Ancien et le Nouveau Testament nous fournissent quantité d'exemples de songes qui se sont réalisés. Pour moi, je n'ai besoin, à cet égard, que de ma propre expérience ; et j'ai éprouvé plus d'une fois que les songes sont des avertissements que nous donne quelque intelligence qui s'intéresse à nous. Que si l'on veut combattre ou défendre, avec des raisonnements, des choses qui surpassent la lumière de la raison humaine, c'est ce qui n'est pas possible. Cependant, si la raison de l'homme n'est qu'une image de celle de Dieu, puisque l'homme a bien le pouvoir de faire parvenir ses intentions jusqu'au bout du monde par des moyens secrets et cachés, pourquoi l'intelligence qui gouverne l'univers n'en emploierait-elle pas de semblables pour la même fin ? Un ami console son ami par une lettre qui traverse une multitude de royaumes, circule au milieu des haines des nations, et vient apporter de la joie et de l'espérance à un seul homme ; pourquoi le souverain protecteur de l'innocence ne peut-il venir, par quelque voie secrète, au secours d'une âme vertueuse qui ne met sa confiance qu'en lui seul ? A-t-il besoin d'employer quelque signe extérieur pour exécuter sa volonté, lui qui agit sans cesse dans tous ses ouvrages par un travail intérieur ?

Pourquoi douter des songes ? La vie, remplie de tant de projets passagers et vains, est-elle autre chose qu'un songe ?

Quoi qu'il en soit, celui de mes amies infortunées se réalisa bientôt. Paul mourut deux mois après la mort de sa chère Virginie, dont il prononçait sans cesse le nom. Marguerite vit venir sa fin huit jours après celle de son fils, avec une joie qu'il n'est donné qu'à la vertu d'éprouver. Elle fit les plus tendres adieux à Madame de La Tour, « dans l'espérance, lui dit-elle, d'une douce et éternelle réunion. La mort est le plus grand des biens, ajouta-t-elle ; on doit la désirer. Si la vie est une punition, on doit en souhaiter la fin ; si c'est une épreuve, on doit la demander courte ».

Le gouvernement prit soin de Domingue et de Marie, qui n'étaient plus en état de servir, et qui ne survécurent pas longtemps à leurs maîtresses.

Pour le pauvre Fidèle, il était mort de langueur à peu près dans le même temps que son maître.

J'emmenai chez moi Madame de La Tour, qui se soutenait au milieu de si grandes pertes avec une grandeur d'âme incroyable. Elle avait consolé Paul et Marguerite jusqu'au dernier instant, comme si elle n'avait eu que le malheur à supporter. Quand elle ne les vit plus, elle m'en parlait chaque jour comme d'amis chéris qui étaient dans le voisinage. Cependant, elle ne leur survécut que d'un mois. Quant à sa tante, loin de lui reprocher ses maux, elle priait Dieu de les lui pardonner, et d'apaiser les troubles affreux d'esprit où nous apprîmes qu'elle était tombée immédiatement après qu'elle eut renvoyé Virginie avec tant d'inhumanité.

Cette parente dénaturée ne porta pas loin la punition de sa dureté. J'appris par l'arrivée successive de plusieurs vaisseaux, qu'elle était agitée de vapeurs qui lui rendaient la vie et la mort également insupportables. Tantôt elle se reprochait la fin prématurée de sa charmante petite-nièce, et la perte de sa mère qui s'en était suivie. Tantôt elle s'applaudissait d'avoir repoussé loin d'elle deux malheureuses, qui, disait-elle, avaient déshonoré sa maison par la bassesse de leurs inclinations. Quelquefois, se mettant en fureur à la vue de ce grand nombre de misérables dont Paris est rempli : « Que n'envoie-t-on, s'écriait-elle, ces fainéants périr dans nos colonies » ? Elle ajoutait que les idées d'humanité, de vertu, de religion, adoptées par tous les peuples, n'étaient que des inventions de la politique de leurs princes. Puis se jetant tout à coup dans une extrémité opposée, elle s'abandonnait à des terreurs superstitieuses qui la remplissaient de frayeurs mortelles. Elle courait porter d'abondantes aumônes à des riches moines qui la dirigeaient, les suppliant d'apaiser la Divinité par le sacrifice de sa fortune : comme si des biens qu'elle avait refusés aux malheureux pouvaient plaire au père des hommes ! Souvent son imagination lui représentait des campagnes de feu, des montagnes ardentes, où des spectres hideux erraient en l'appelant à grands cris. Elle se jetait aux pieds de ses directeurs, et elle imaginait contre elle-même des tortures et des supplices : car le ciel, le juste ciel, envoie aux âmes cruelles des religions effroyables.

Ainsi elle passa plusieurs années, tour à tour athée et superstitieuse, ayant également en horreur la mort et la vie. Mais ce qui acheva la fin d'une si déplorable existence, fut le sujet même auquel elle avait sacrifié les sentiments de la nature. Elle eut le chagrin de voir que sa fortune passerait, après elle, à des parents qu'elle haïssait. Elle chercha donc à en aliéner la meilleure partie ; mais ceux-ci profitant des accès de vapeurs auxquels elle était sujette, la firent enfermer comme folle, et mettre ses biens en direction. Ainsi ses richesses mêmes achevèrent sa perte ; et, comme elles avaient endurci le cœur de celle qui les possédait, elles dénaturèrent de même le cœur de ceux qui les désiraient. Elle mourut donc, et ce qui est le comble du malheur, avec assez d'usage de sa raison pour connaître qu'elle était dépouillée et méprisée par les mêmes personnes dont l'opinion l'avait dirigée toute sa vie.

On a mis auprès de Virginie, au pied des mêmes roseaux, son ami Paul, et autour d'eux leurs tendres mères et leurs fidèles serviteurs. On n'a point élevé de marbres sur leurs humbles tertres, ni gravé d'inscriptions à leurs vertus ; mais leur mémoire est restée ineffaçable dans le cœur de ceux qu'ils ont obligés. Leurs ombres n'ont pas besoin de l'éclat qu'ils ont fui pendant leur vie ; mais si elles s'intéressent encore à ce qui se passe sur la terre, sans doute elles aiment à errer sous les toits de chaume qu'habite la vertu laborieuse ; à consoler la pauvreté mécontente de son sort ; à nourrir dans les jeunes amants, une flamme durable, le goût des biens naturels, l'amour du travail et la crainte des richesses.

La voix du peuple, qui se tait sur les monuments élevés à la gloire des rois, a donné à quelques parties de cette île des noms qui éterniseront la perte de Virginie. On voit près de l'île d'Ambre, au milieu des écueils, un lieu appelé la Passe du Saint-Géran, du nom de ce vaisseau qui y périt en la ramenant d'Europe.

L'extrémité de cette longue pointe de terre que

vous apercevez à trois lieues d'ici, à demi couverte des flots de la mer, que le *Saint-Géran* ne put doubler, la veille de l'ouragan, pour entrer dans le port, s'appelle le CAP MALHEUREUX ; et voici devant vous, au bout de ce vallon, la BAIE DU TOMBEAU, où Virginie fut trouvée ensevelie dans le sable ; comme si la mer eût voulu rapporter son corps à sa famille, et rendre les derniers devoirs à sa pudeur sur les mêmes rivages qu'elle avait honorés de son innocence.

Jeunes gens si tendrement unis ! mères infortunées ! chère famille ! ces bois qui vous donnaient leurs ombrages, ces fontaines qui coulaient pour vous, ces coteaux où vous reposiez ensemble déplorent encore votre perte.

Nul, depuis vous, n'a osé cultiver cette terre désolée, ni relever ces humbles cabanes. Vos chèvres sont devenues sauvages ; vos vergers sont détruits ; vos oiseaux sont enfuis, et on n'entend plus que les cris des éperviers qui volent en rond au haut de ce bassin de rochers.

Pour moi, depuis que je ne vous vois plus, je suis comme un ami qui n'a plus d'amis, comme un père qui a perdu ses enfants, comme un voyageur qui erre sur la terre, où je suis resté seul.

En disant ces mots, ce bon vieillard s'éloigna en versant des larmes ; et les miennes avaient coulé plus d'une fois pendant ce funeste récit.

LA CHAUMIERE INDIENNE

Il y a environ trente ans qu'il se forma à Londres une compagnie de savants anglais qui entreprit d'aller chercher, dans diverses parties du monde, des lumières sur toutes les sciences afin d'éclairer les hommes et de les rendre plus heureux. Elle était défrayée par une compagnie de souscripteurs de la même nation, composée de négociants, de lords, d'évêques, d'universités, et de la famille royale d'Angleterre, à laquelle se joignirent quelques souverains du nord de l'Europe. Ces savants étaient au nombre de vingt ; et la Société royale de Londres avait donné à chacun d'eux un volume contenant l'état des questions dont ils devaient rapporter les solutions. Ces questions montaient au nombre de trois mille cinq cents. Quoiqu'elles fussent toutes différentes pour chacun de ces docteurs, et convenables au pays où ils devaient voyager, elles étaient toutes liées entre elles, en sorte que la lumière répandue sur l'une devait nécessairement s'étendre sur toutes les autres. Le président de la Société royale, qui les avait rédigées à l'aide de ses confrères, avait fort bien senti que l'éclaircissement d'une difficulté dépend souvent de la solution d'une autre, et celle-ci d'une précédente ; ce qui mène, dans la recherche de la vérité, bien plus loin qu'on ne pense.

Enfin, pour me servir des expressions mêmes employées par le président dans leurs instructions, c'était le plus superbe édifice encyclopédique qu'aucune nation eût encore élevé au progrès des connaissances humaines ; ce qui prouve bien, ajoutait-il, la nécessité des corps académiques pour mettre de l'ensemble dans les vérités dispersées par toute la terre.

Chacun de ces savants voyageurs avait, outre son volume de questions à éclaircir, la commission d'acheter, chemin faisant, les plus anciens exemplaires de la Bible et les manuscrits les plus rares en tout genre, ou au moins de ne rien épargner pour s'en procurer de bonnes copies. Pour cela, leurs souscripteurs leur avaient procuré à tous des lettres de recommandation pour les consuls, ministres et ambassadeurs de la Grande-Bretagne qu'ils devaient trouver sur leur route, et, ce qui vaut encore mieux, de bonnes lettres de change, endossées par les plus fameux banquiers de Londres.

Le plus savant de ces docteurs, qui savait l'hébreu, l'arabe et l'indou, fut envoyé par terre aux Indes orientales, le berceau de tous les arts et de toutes les sciences. Il prit d'abord son chemin par la Hollande, et visita successivement la synagogue d'Amsterdam et le synode de Dordrecht ; en France, la Sorbonne et l'Académie des sciences de Paris ; en Italie, quantité d'académies, de muséums et de bibliothèques, entre autres le muséum de Florence, la bibliothèque de Saint-Marc, à Venise, et à Rome, celle du Vatican. Etant à Rome, il balança si, avant de se diriger vers l'Orient, il irait en Espagne consulter la fameuse université de Salamanque ; mais dans la crainte de l'Inquisition, il aima mieux s'embarquer tout droit pour la Turquie. Il passa donc à Constantinople, où, pour son argent, un effendi le mit à même de feuilleter tous les livres de la mosquée de Sainte-Sophie.

De là il fut en Egypte, chez les Cophtes ; puis chez les Maronites du mont Liban, les moines du mont Carmel ; de là à Sana, en Arabie ; ensuite à Ispahan, à Kandahar, Delhi, Agra ; enfin, après trois ans de courses, il arriva sur les bords du Gange, à Bénarès, l'Athènes des Indes, où il conféra avec les brames. Sa collection d'anciennes éditions, de livres originaux, de manuscrits rares, de copies, d'extraits et d'annotations en tout genre, se trouva alors la plus considérable qu'aucun particulier eût jamais faite. Il suffit de dire qu'elle composait quatre-vingt-dix ballots pesant ensemble neuf mille cinq cent quarante-cinq livres, poids de Troyes[1]. Il était sur le point de s'embarquer pour Londres avec une si riche cargaison de lumières, plein de joie d'avoir surpassé les espérances de la Société royale, lorsqu'une réflexion toute simple vint l'accabler de chagrin.

Il pensa qu'après avoir conféré avec les rabbins juifs, les ministres protestants, les surintendants des églises luthériennes, les docteurs catholiques, les académiciens de Paris, de la Crusca, des Arcades, et de vingt-quatre autres des plus célèbres académies d'Italie, les papas grecs, les mollahs turcs, les verbiests arméniens, les seidres et les casys persans, les cheiks arabes, les anciens parsis, les pandects indiens, loin d'avoir éclairci aucune des trois mille cinq cents questions de la Société royale, il n'avait contribué qu'à en multiplier les doutes ; et comme elles étaient toutes liées les unes aux autres, il s'ensuivait, au contraire de ce qu'avait pensé son illustre président, que l'obscurité d'une solution obscurcissait l'évidence d'une autre ; que les vérités les plus claires étaient devenues tout à fait problématiques ; et qu'il était même impossible d'en démêler aucune dans ce vaste labyrinthe de réponses et d'autorités contradictoires.

Le docteur en jugeait par un simple aperçu.

---

1. Le poids de Troyes, autrement dit livre de Troyes ou troyenne (en anglais *Pound-Troy*), est de douze onces, poids de marc.

Parmi ces questions, il y en avait à résoudre deux cents sur la théologie des Hébreux ; quatre cent quatre-vingts sur celles des diverses communions de l'église grecque et de l'église romaine ; trois cent douze sur l'ancienne religion des brames ; cinq cent huit sur la langue sanscrite ou sacrée ; trois sur l'état actuel du peuple indien ; deux cent onze sur le commerce des Anglais aux Indes ; sept cent vingt-neuf sur les anciens monuments des îles d'Eléphanta et de Salsette, dans le voisinage de l'île de Bombay : cinq sur l'antiquité du monde ; six cent soixante-treize sur l'origine de l'ambre gris et sur les propriétés des espèces de bézoards ; une sur les causes non encore examinées du cours de l'océan Indien, qui flue six mois vers l'orient et six mois vers l'occident ; et trois cent soixante-dix-huit sur les sources et les inondations périodiques du Gange. A cette occasion, le docteur était invité de recueillir sur sa route tout ce qu'il pourrait, touchant les sources et les inondations du Nil, qui occupaient les savants de l'Europe depuis tant de siècles. Mais il jugea cette matière suffisamment débattue, et étrangère d'ailleurs à sa mission. Or, sur chacune des questions proposées par la Société royale, il apportait l'une dans l'autre, cinq solutions différentes, qui pour les trois mille cinq cents questions, donnaient dix-sept mille cinq cents réponses ; et, en supposant que chacun de ses dix-neuf confrères en rapportât autant de son côté, il s'ensuivait que la Société royale aurait trois cent cinquante mille difficultés à résoudre avant de pouvoir établir aucune vérité sur une base solide.

Ainsi, toute leur collection, loin de faire converger chaque proposition vers un centre commun, suivant les termes de leur instruction, les ferait, au contraire, diverger l'une de l'autre, sans qu'il fût possible de les rapprocher. Une autre réflexion faisait encore plus de peine au docteur : c'est que, quoiqu'il eût employé dans ces laborieuses recherches tout le sang-froid de son pays et une politesse qui lui était particulière, il s'était fait des ennemis implacables de la plupart des docteurs avec lesquels il avait argumenté. « Que deviendra donc, disait-il, le repos de mes compatriotes, quand je leur aurai rapporté dans mes quatre-vingt-dix ballots, au lieu de la vérité, de nouveaux sujets de doutes et de disputes » ?

Il était au moment de s'embarquer pour l'Angleterre, plein de perplexité et d'ennui, lorsque les brames de Bénarès lui apprirent que le brame supérieur de la fameuse pagode de Jagrenat, ou Jagernat, située sur la côte d'Orixa, au bord de la mer, près d'une des embouchures du Gange, était seul capable de résoudre toutes les questions de la Société royale de Londres.

C'était en effet le plus fameux pandect, ou docteur, dont on eût jamais entendu parler : on venait le consulter de toutes les parties de l'Inde et de plusieurs royaumes de l'Asie.

Aussitôt le docteur anglais partit pour Calcutta, et s'adressa au directeur de la compagnie anglaise des Indes, qui, pour l'honneur de sa nation et la gloire des sciences, lui donna, pour le porter à Jagrenat, un palanquin à tendelets de soie cramoisie à glands d'or, avec deux relais de vigoureux coolies, ou porteurs, de quatre hommes chacun ; deux portefaix, un porteur d'eau, un porteur de gargoulette pour le rafraîchir ; un porteur de pipe ; un porteur d'ombrelle pour le couvrir du soleil le jour ; un malsachi ou porte-flambeau, pour la nuit ; un fendeur de bois ; deux cuisiniers ; deux chameaux et leurs conducteurs, pour porter ses provisions et ses bagages ; deux pions, ou coureurs, pour l'annoncer ; quatre cipayes, ou reispoutes, montés sur des chevaux persans pour l'escorter, et un porte-étendard, avec son étendard aux armes d'Angleterre. On eût pris le docteur, avec son bel équipage, pour un commis de la compagnie des Indes. Il y avait cependant cette différence que le docteur, au lieu d'aller chercher des présents, était chargé d'en faire. Comme on ne paraît point, aux Indes, les mains vides devant les personnes constituées en dignité, le directeur lui

avait donné, aux frais de sa nation, un beau télescope et un tapis de pied de Perse pour le
chef des brames, des chittes superbes pour sa
femme, et trois pièces de taffetas de la Chine,
rouges, blanches et jaunes pour faire des échar-
pes à ses disciples. Les présents chargés sur des
chameaux, le docteur se mit en route dans son
palanquin, avec le livre de la Société royale.

Chemin faisant, il pensait à la question par
laquelle il débuterait avec le chef des brames
de Jagrenat ; s'il commencerait par une des
trois cent soixante-dix-huit qui avaient rapport
aux sources et aux inondations du Gange, ou
par celle qui regardait le cours alternatif et semi-
annuel de la mer des Indes, qui pouvait servir
à découvrir les sources et les mouvements périodiques de l'Océan par tout le globe. Mais quoique
cette question intéressât la physique infiniment
plus que toutes celles qui avaient été faites depuis
tant de siècles sur les sources et les accroisse-
ments mêmes du Nil, elle n'avait pas encore
attiré l'attention des savants de l'Europe. Il préférait donc d'interroger le brame sur l'universa-
lité du déluge, qui a excité tant de disputes ; ou,
en remontant plus haut, s'il est vrai que le soleil
ait changé plusieurs fois son cours, se levant à
l'occident et se couchant à l'orient, suivant la
tradition des prêtres de l'Egypte, rapportée par
Hérodote ; et même sur l'époque de la création

de la terre, à laquelle les Indiens donnent plusieurs millions d'années d'antiquité. Quelquefois il trouvait qu'il serait plus utile de le consulter sur la meilleure sorte de gouvernement à donner à une nation, et même sur les droits de l'homme, dont il n'y a de code nulle part ; mais ces dernières questions n'étaient pas dans son livre.

« Cependant, disait le docteur, avant tout il me semblerait à propos de demander au pandect indien par quel moyen on peut trouver la vérité : car si c'est avec la raison, comme j'ai tâché de le faire jusqu'à présent, la raison varie chez tous les hommes ; je dois lui demander aussi où il faut chercher la vérité : car si c'est dans les livres, ils se contredisent tous ; et enfin, s'il faut dire la vérité aux hommes, car dès qu'on la leur fait connaître, on se brouille avec eux. Voilà trois questions préalables auxquelles notre auguste président n'a pas pensé. Si le brame de Jagrenat peut me les résoudre, j'aurai la clef de toutes les sciences, et, ce qui vaut encore mieux, je vivrai en paix avec tout le monde ».

C'est ainsi que le docteur raisonnait avec lui-même. Après dix jours de marche, il arriva sur les bords du Bengale ; il rencontra sur sa route quantité de gens qui revenaient de Jagrenat, tous enchantés de la science du chef des pandects qu'ils venaient de consulter. Le onzième jour, au soleil levant, il aperçut la fameuse pagode de Jagrenat, bâtie sur le bord de la mer, qu'elle semblait dominer avec ses grands murs rouges et ses galeries, ses dômes et ses tourelles de marbre blanc. Elle s'élevait au centre de neuf avenues d'arbres toujours verts, qui divergent vers autant de royaumes. Chacune de ces avenues est formée d'une espèce d'arbres différente, de palmiers arecs, de tecques, de cocotiers, de manguiers, de lataniers, d'arbres de camphre, de bambous, de bananiers, d'arbres de sandal, et se dirige vers Ceylan, Golconde, l'Arabie, la Perse, le Thibet, la Chine, le royaume d'Ava, celui de Siam et les îles de la mer des Indes. Le docteur arriva à la pagode par l'avenue des bambous, qui côtoie le Gange et les îles enchantées de son embouchure. Cette pagode, quoique bâtie dans une plaine, est si élevée, que, l'ayant aperçue le matin, il ne put s'y rendre que vers le soir. Il fut véritablement frappé d'admiration quand il considéra de près sa magnificence et sa grandeur. Ses portes de bronze étincelaient des rayons du soleil couchant, et les aigles planaient autour de son faîte, qui se perdait dans les nues. Elle était entourée de grands bassins de marbre blanc, qui réfléchissaient au fond de leurs eaux transparentes ses dômes, ses galeries et ses portes : tout autour régnaient de vastes cours, et les jardins environnés de grands bâtiments où logeaient les brames qui la desservaient.

Les pions du docteur coururent l'annoncer ; et aussitôt une troupe de jeunes bayadères sortit d'un des jardins, et vint au-devant de lui en chantant et en dansant au son des tambours de basque. Elles avaient pour colliers des cordons de fleurs de mougris, et pour ceintures des guirlandes de fleurs de frangipanier. Le docteur, entouré de leurs parfums, de leurs danses et de leur musique, s'avança jusqu'à la porte de la pagode, au fond de laquelle il aperçut, à la clarté de plusieurs lampes d'or et d'argent, la statue de Jagrenat, la septième incarnation de Brahma, en forme de pyramide, sans pieds et sans mains, qu'il avait perdus en voulant porter le monde pour le sauver[1]. A ses pieds étaient prosternés, la face contre terre, des pénitents, dont les uns promettaient, à haute voix, de se faire accrocher, le jour de sa fête, à son char par les épaules ; et les autres, de se faire écraser sous ses roues. Quoique le spectacle de ces fanatiques, qui poussaient de profonds gémissements en prononçant leurs horribles vœux, inspirât une sorte de terreur, le docteur se préparait à entrer dans la pagode, lorsqu'un vieux brame, qui en gardait la porte, l'arrêta et lui demanda quel était le sujet qui

_____

1. Voyez *Kircher.*

l'amenait. Lorsqu'il l'eut appris, il dit au docteur :
« Qu'attendu sa qualité de frangui, ou d'impur,
il ne pouvait se présenter ni devant Jagrenat ni
devant son grand prêtre, qu'il n'eût été lavé trois
fois dans un des lavoirs du temple, et qu'il n'eût
rien sur lui qui fût de la dépouille d'aucun animal, mais surtout ni poil de vache, parce qu'elle
est adorée des brames, ni poil de porc, parce qu'il
leur est en horreur. — Comment ferai-je donc ?
lui répondit le docteur. J'apporte en présent au
chef des brames un tapis de Perse, de poil de
chèvre d'Angora ; des étoffes de la Chine, qui
sont de soie. — Toutes choses, repartit le brame,
offertes au temple de Jagrenat, ou à son grand
prêtre, sont purifiées par le don même ; mais il
n'en peut être ainsi de vos habillements ». Il
fallut donc que le docteur ôtât son surtout en
laine d'Angleterre, ses souliers de peau de chèvre
et son chapeau de castor. Ensuite le vieux brame,
l'ayant lavé trois fois, le revêtit d'une toile de
coton couleur de sandal, et le conduisit à l'entrée de l'appartement du chef des brames. Le
docteur se préparait à y entrer, tenant sous son
bras le livre de la Société royale, lorsque son
introducteur lui demanda de quelle matière ce
livre était couvert. « Il est relié en veau, répondit
le docteur. — Comment, dit le brame hors de
lui, ne vous ai-je pas prévenu que la vache était
adorée des brames ! et vous osez vous présenter

devant leur chef avec un livre couvert de la peau
d'un veau ! » Le docteur aurait été obligé d'aller
se purifier dans le Gange, s'il n'eût abrégé toute
difficulté en présentant quelques pagodes, ou pièces d'or, à son introducteur. Il laissa donc le livre
des questions dans son palanquin ; mais il s'en
consolait en lui-même, en disant : « Au bout du
compte, je n'ai que trois questions à faire à ce
docteur indien. Je serai content s'il m'apprend
par quel moyen on doit chercher la vérité, où
on peut la trouver, et s'il faut la communiquer
aux hommes. »

Le vieux brame introduisit donc le docteur anglais, revêtu de la toile de coton, nu-tête et nu-
pieds, chez le grand prêtre de Jagrenat, dans un
vaste salon, soutenu par des colonnes de bois
de sandal. Les murs en étaient verts, étant cor-
royés de stuc mêlé de bouse de vache, si brillant
et si poli qu'on pouvait s'y mirer. Le plancher
était couvert de nattes très fines, de six pieds
de long sur autant de large. Au fond du salon
était une estrade, entourée d'une balustrade de
bois d'ébène ; et sur cette estrade on entrevoyait,
à travers un treillis de cannes d'Indes vernies en
rouge, le vénérable chef des pandects avec sa
barbe blanche, et trois fils de coton passés en
bandoulière, suivant l'usage des brames. Il était
assis sur un tapis jaune, les jambes croisées, dans
un état d'immobilité si parfaite, qu'il ne remuait

pas même les yeux. Quelques-uns de ses disciples chassaient les mouches autour de lui avec des éventails de queue de paon ; d'autres brûlaient, dans des cassolettes d'argent, des parfums de bois d'aloès ; et d'autres jouaient du tympanon sur un mode très doux. Le reste en grand nombre, parmi lesquels étaient des faquirs, des joguis et des santons, était rangé sur plusieurs files des deux côtés de la salle dans un profond silence, les yeux fixés en terre et les bras croisés sur la poitrine.

Le docteur voulut d'abord s'avancer jusqu'au chef des pandects pour lui faire son compliment ; mais son interlocuteur le retint à neuf nattes de là, en lui disant que les omrahs, ou grands seigneurs indiens, n'allaient pas plus loin ; que les rajahs, ou souverains de l'Inde, ne s'avançaient qu'à six nattes ; les princes, fils du Mogol, à trois, et qu'on n'accordait qu'au Mogol, l'honneur d'approcher jusqu'au vénérable chef pour lui baiser les pieds.

Cependant plusieurs brames apportèrent, jusqu'au pied de l'estrade, le télescope, les chittes, les pièces de soie et les tapis, que les gens du docteur avaient déposés à l'entrée de la salle ; et le vieux brame y ayant jeté les yeux sans donner aucune marque d'approbation, on les emporta dans l'intérieur des appartements.

Le docteur anglais allait commencer un fort

beau discours en langue indoue, lorsque son introducteur le prévint qu'il devait attendre que le
grand prêtre l'interrogeât. Il le fit donc asseoir
sur ses talons, les jambes croisées comme un
tailleur, suivant la mode du pays. Le docteur murmurait en lui-même de tant de formalités ; mais
que ne fait-on pas pour trouver la vérité, après
être venu la chercher aux Indes ?

Dès que le docteur se fut assis, la musique se
tut, et, après quelques moments d'un profond
silence, le chef des pandects lui fit demander
pourquoi il était venu à Jagrenat.

Quoique le grand prêtre de Jagrenat eût parlé
en langue indoue assez distinctement pour être
entendu d'une partie de l'assemblée, sa parole fut
portée par un faquir qui la donna à un autre,
et cet autre à un troisième qui la rendit au docteur. Celui-ci répondit dans la même langue :
« Qu'il était venu à Jagrenat consulter le chef
des brames, sur sa grande réputation, pour savoir
de lui par quel moyen on pourrait connaître la
vérité ».

Le vieux chef des pandects, après s'être un peu
recueilli, répondit : « La vérité ne se peut connaître que par le moyen des brames ». Alors
toute l'assemblée s'inclina en admirant la réponse
de son chef.

« Où faut-il aller chercher la vérité ? reprit
assez vivement le docteur anglais. — Toute vé-

rité, répondit le docteur indien, est renfermée dans les quatre beths écrits il y a cent vingt mille ans, dans la langue sanscrite, dont les seuls brames ont l'intelligence ».

A ces mots, tout le salon retentit d'applaudissements.

Le docteur, reprenant son sang-froid, dit au grand prêtre de Jagrenat : « Puisque Dieu a renfermé la vérité dans des livres dont l'intelligence n'est réservée qu'aux brames, il s'ensuit donc que Dieu en a interdit la connaissance à la plupart des hommes, qui ignorent même s'il existe des brames : or, si cela était, Dieu ne serait pas juste ».

« Brahma l'a voulu ainsi, reprit le grand prêtre. On ne peut rien opposer à la volonté de Brahma ». Les applaudissements de l'assemblée redoublèrent. Dès qu'ils se furent apaisés, l'Anglais proposa sa troisième question : « Faut-il communiquer la vérité aux hommes ?

— Souvent, dit le vieux pandect, c'est prudent de la cacher à tout le monde ; mais c'est un devoir de la dire aux brames.

— Comment ! s'écria le docteur anglais en colère, il faut dire la vérité aux brames qui ne la disent à personne ! En vérité, les brames sont bien injustes ».

A ces mots, il se fit un tumulte épouvantable dans l'assemblée. Elle avait entendu sans mur-

murer taxer Dieu d'injustice, mais il n'en fut pas de même quand elle s'entendit appliquer ce reproche. Les pandects, les faquirs, les santons, les joguis, les brames et leurs disciples voulaient argumenter tous à la fois contre le docteur anglais ; mais le grand prêtre de Jagrenat fit cesser le bruit en frappant des mains, et disant d'une voix très distincte : « Les brames ne discutent point contre les docteurs de l'Europe ». Alors s'étant levé, il se retira aux acclamations de toute l'assemblée, qui murmurait hautement contre le docteur, et lui aurait peut-être fait un mauvais parti, sans la crainte des Anglais, dont le crédit est tout-puissant sur les bords du Gange. Le docteur étant sorti du salon, son introducteur lui dit : « Notre très vénérable père vous aurait fait présenter, suivant l'usage, le sorbet, le bétel et les parfums, mais vous l'avez fâché. — Ce serait à moi à me fâcher, reprit le docteur, d'avoir pris tant de peines inutiles. Mais de quoi donc votre chef a-t-il à se plaindre ? — Comment, reprit l'introducteur, vous voulez disputer contre lui ? Ne savez-vous pas qu'il est l'oracle des Indes, et que chacune de ses paroles est un rayon d'intelligence ? — Je ne m'en serais jamais douté », dit le docteur, en prenant son surtout, ses souliers et son chapeau. Le temps était à l'orage, et la nuit s'approchait ; il demanda à la passer dans un des logements de la pagode ; mais on lui refusa d'y coucher, à cause qu'il était frangui. Comme la cérémonie l'avait fort altéré, il demanda à boire. On lui apporta de l'eau dans une gargoulette ; mais dès qu'il eut bu, on la cassa, parce que, comme frangui, il l'avait souillée en buvant à même. Alors le docteur, très piqué, appela ses gens, prosternés en adoration sur les degrés de la pagode ; et, étant remonté dans son palanquin, il se remit en route par l'allée des bambous, le long de la mer, à l'entrée de la nuit, et sous un ciel couvert de nuages. Chemin faisant, il se disait à lui-même : Le proverbe indien est bien vrai : tout Européen qui vient aux Indes gagne de la patience s'il n'en a pas, et il la perd s'il en a. Pour moi, j'ai perdu la mienne. Comment ! je ne pourrai savoir par quel moyen on peut trouver la vérité, où il faut la chercher, et s'il faut la communiquer aux hommes ! L'homme est donc condamné par toute la terre aux erreurs et aux disputes : c'était bien la peine de venir aux Indes consulter des brames !

Pendant que le docteur raisonnait ainsi dans son palanquin, il survint un de ces ouragans qu'on appelle aux Indes un typhon. Le vent venait de la mer, et, faisant refluer les eaux du Gange, les brisait en écume contre les îles de son embouchure. Il enlevait de leurs rivages des colonnes de sable, et de leurs forêts des nuées de feuilles, qu'il emportait pêle-mêle, à travers le fleuve et les campagnes, jusqu'au haut des airs. Quelquefois il s'engouffrait dans l'allée des bambous ; et quoique ces roseaux indiens fussent aussi élevés que les plus grands arbres, il les agitait comme l'herbe des prairies. On voyait à travers les tourbillons de poussière et de feuilles, leur longue avenue tout ondoyante, dont une partie se renversait à droite et à gauche jusqu'à terre, tandis que l'autre se relevait en gémissant. Les gens du docteur, dans la crainte d'en être écrasés, ou d'être submergés par les eaux du Gange qui débordaient déjà leurs rivages, prirent leur chemin à travers les champs, en se dirigeant au hasard vers les hauteurs voisines. Cependant la nuit vint ; et ils marchaient depuis trois heures dans l'obscurité la plus profonde, ne sachant où ils allaient, lorsqu'un éclair, fendant les nues et blanchissant tout l'horizon, leur fit voir bien loin sur leur droite la pagode de Jagrenat, les îles du Gange, la mer agitée, et tout près, devant eux, un petit vallon et un bois entre deux collines. Ils coururent s'y réfugier, et déjà le tonnerre faisait entendre ses lugubres roulements, lorsqu'ils arrivèrent à l'entrée du vallon. Il était flanqué de rochers, et rempli de vieux arbres d'une grosseur prodigieuse. Quoique la tempête courbât leurs cimes avec d'horribles mugissements, leurs troncs monstrueux étaient inébranlables comme les rochers qui les environnaient. Cette portion

de cette forêt antique paraissait l'asile du repos ;
mais il était difficile d'y pénétrer. Des rotins qui
serpentaient à son orée couvraient le pied de ces
arbres, et des lianes, qui s'élançaient d'un tronc
à l'autre, ne présentaient de tous côtés qu'un
rempart de feuillages où paraissaient quelques
cavernes de verdure, mais qui n'avaient point
d'issue. Cependant les reispoutes s'y étant ouvert un passage avec leurs sabres, tous les gens
de la suite y entrèrent avec le palanquin. Ils
s'y croyaient à l'abri de l'orage lorsque la pluie,
qui tombait à verse, forma autour d'eux mille
torrents. Dans cette perplexité, ils aperçurent
sous les arbres, dans le lieu le plus étroit du vallon, une lumière et une cabane. Le malsachi y
courut pour allumer son flambeau ; mais il revint un peu après, hors d'haleine, criant : « N'ap-
prochez pas d'ici, il y a un paria ! » Aussitôt la
troupe effrayée cria : « Un paria ! un paria ! »
Le docteur, croyant que c'était quelque animal
féroce, mit la main sur ses pistolets. « Qu'est-ce
qu'un paria ? demanda-t-il à son porte-flambeau.
— C'est, lui répondit celui-ci, un homme qui
n'a ni foi ni loi. — C'est, ajouta le chef des
reispoutes, un Indien de caste si infâme, qu'il
est permis de le tuer, si on en est seulement touché. Si nous entrons chez lui, nous ne pouvons
de neuf lunes mettre le pied dans aucune pagode,
et pour nous purifier il faudra nous baigner neuf

fois dans le Gange, et nous faire laver autant de fois, de la tête aux pieds, d'urine de vache, par la main d'un brame ». Tous les Indiens s'écrièrent : « Nous n'entrerons point chez un paria. — Comment, dit le docteur à son porte-flambeau, avez-vous su que votre compatriote était paria, c'est-à-dire sans foi ni loi ? — C'est, répondit le porte-flambeau, que, lorsque j'ai ouvert sa cabane, j'ai vu qu'il était couché avec son chien sur la même natte que sa femme, à laquelle il présentait à boire dans une corne de vache. » Tous les gens de la suite du docteur répétèrent : « Nous n'entrerons point chez un paria. — Restez ici si vous le voulez, leur dit l'Anglais ; pour moi, toutes les castes de l'Inde me sont égales, lorsqu'il s'agit de me mettre à l'abri de la pluie. »

En disant ces mots, il sauta en bas de son palanquin, et, prenant sous son bras son livre de questions avec son sac de nuit, et à la main ses pistolets et sa pipe, il s'en vint tout seul à la porte de la cabane. A peine y eut-il frappé, qu'un homme d'une physionomie fort douce vint lui en ouvrir la porte, et s'éloigna de lui aussitôt en lui disant : « Seigneur, je ne suis qu'un pauvre paria, qui ne suis pas digne de vous recevoir ; mais si vous jugez à propos de vous mettre à l'abri chez moi, vous m'honorerez beaucoup. — Mon frère, lui répondit l'Anglais, j'accepte de bon cœur votre hospitalité. » Cependant le paria sortit avec une torche à la main, une charge de bois sec sur son dos, et un panier plein de cocos et de bananes sous son bras ; il s'approcha des gens de la suite du docteur, qui étaient à quelque distance de là, sous un arbre, et leur dit : « Puisque vous ne voulez pas me faire l'honneur d'entrer chez moi, voilà des fruits enveloppés de leurs écorces, que vous pouvez manger sans être souillés, et voilà du feu pour vous sécher et vous préserver des tigres. Que Dieu vous conserve ! » Il rentra aussitôt dans sa cabane, et dit au docteur : « Seigneur, je vous le répète, je ne suis qu'un malheureux paria ; mais, comme à votre teint blanc et à vos habits je vois que vous n'êtes pas Indien, j'espère que vous n'aurez pas de répugnance pour les aliments que vous présentera votre pauvre serviteur. » En même temps il mit à terre, sur une natte, des mangues, des pommes de crème, des ignames, des patates cuites sous la cendre, des bananes grillées et un pot de riz accommodé au sucre et au lait de coco ; après quoi il se retira sur sa natte, auprès de sa femme et de son enfant, endormi près d'elle dans un berceau. « Homme vertueux, lui dit l'Anglais, vous valez beaucoup mieux que moi, puisque vous faites du bien à ceux qui vous méprisent. Si vous ne m'honorez pas de votre présence sur cette même natte, je croirai que vous me prenez moi-même pour un homme méchant, et je sors à l'instant de votre cabane, dussé-je être noyé par la pluie ou dévoré par les tigres. »

Le paria vint s'asseoir sur la même natte que son hôte, et ils se mirent tous deux à manger. Cependant le docteur jouissait du plaisir d'être en sûreté au milieu de la tempête. La cabane était inébranlable : outre qu'elle était dans le plus étroit du vallon, elle était bâtie sous un arbre de war ou figuier des banians dont les branches, qui poussent des paquets de racines à leurs extrémités, forment autant d'arcades qui appuient le tronc principal. Le feuillage de cet arbre était si épais, qu'il n'y passait pas une goutte de pluie ; et quoique l'ouragan fît entendre ses terribles rugissements entremêlés des éclats de la foudre, la fumée du foyer qui sortait par le milieu du toit, et la lumière de la lampe n'étaient pas même agitées. Le docteur admirait autour de lui le calme de l'Indien et de sa femme, encore plus profond que celui des éléments. Leur enfant, noir et poli comme l'ébène, dormait dans son berceau ; sa mère le berçait avec son pied, tandis qu'elle s'amusait à lui faire un collier avec des pois d'angole rouges et noirs. Le père jetait alternativement sur l'un et sur l'autre des regards pleins de tendresse. Enfin, jusqu'au chien prenait part au bonheur commun : couché avec un chat auprès du feu, il entr'ouvrait de temps en temps les yeux, et soupirait en regardant son maître.

Dès que l'Anglais eut cessé de manger, le paria lui présenta un charbon de feu pour allumer sa pipe ; et, ayant pareillement allumé la sienne, il fit un signe à sa femme, qui apporta sur la natte deux tasses de coco et une grande calebasse pleine de punch, qu'elle avait préparé, pendant le souper, avec de l'eau, de l'arack, du jus de citron et du jus de canne à sucre.

Pendant qu'ils fumaient et buvaient alternativement, le docteur dit à l'Indien : « Je vous crois un des hommes les plus heureux que j'aie jamais rencontrés, et par conséquent un des plus sages. Permettez-moi de vous faire quelques questions. Comment êtes-vous si tranquille au milieu d'un si terrible orage ? Vous n'êtes cependant à couvert que par un arbre, et les arbres attirent la foudre. — Jamais, répondit le paria, la foudre n'est tombée sur un figuier des banians. — Voilà qui est fort curieux, reprit le docteur ; c'est sans doute parce que cet arbre a une électricité négative, comme le laurier ? — Je ne vous comprends pas, repartit le paria ; mais ma femme croit que c'est parce que le dieu Brahma se mit un jour à l'abri sous son feuillage : pour moi, je pense que Dieu, dans ces climats orageux, ayant donné au figuier des banians un feuillage fort épais et des arcades pour y mettre les hommes à l'abri de l'orage, il ne permet pas qu'ils y soient atteints du tonnerre. — Votre réponse est bien religieuse, repartit le docteur. Ainsi, c'est votre confiance en Dieu qui vous tranquillise. La conscience rassure mieux que la science. Dites-moi, je vous prie, de quelle secte vous êtes, car vous n'êtes d'aucune de celles des Indes, puisque aucun Indien ne veut communiquer avec vous. Dans la liste des castes savantes que je devais consulter sur ma route, je n'y ai point trouvé celle des parias. Dans quel canton de l'Inde est votre pagode ? — Partout, répondit le paria : ma pagode, c'est la nature : j'adore son auteur au lever du soleil, et je le bénis à son coucher. Instruit par le malheur, jamais je ne refuse mon secours à un plus malheureux que moi. Je tâche de rendre heureux ma femme, mon enfant et même mon chat et mon chien. J'attends la mort, à la fin de ma vie, comme un doux sommeil à la fin du jour. — Dans quel livre avez-vous puisé ces principes ? demanda le docteur. — Dans la nature, répondit l'Indien, je n'en connais pas d'autre. — Ah ! c'est un grand livre, dit l'Anglais ; mais qui vous a appris à y lire ? — Le malheur, reprit le paria : étant d'une caste réputée infâme dans mon pays, ne pouvant être Indien, je me suis fait homme ; repoussé par la société, je me suis réfugié dans la nature. — Mais dans votre solitude vous avez au moins quelques livres ? reprit le docteur. —

Pas un seul, dit le paria ; je ne sais ni lire ni écrire. — Vous vous êtes épargné bien des doutes, dit le docteur en se frottant le front. Pour moi, j'ai été envoyé d'Angletere, ma patrie, pour chercher la vérité chez les savants de quantité de nations, afin d'éclairer les hommes et de les rendre plus heureux ; mais, après bien des recherches vaines et des disputes fort graves, j'ai conclu que la recherche de la vérité était une folie, parce que, quand on la trouverait, on ne saurait à qui la dire sans se faire beaucoup d'ennemis. Parlez-moi sincèrement, ne pensez-vous pas comme moi ? — Quoique je ne sois qu'un ignorant, répondit le paria, puisque vous me permettez de dire mon avis, je pense que tout homme est obligé de chercher la vérité pour son propre bonheur : autrement, il sera avare, ambitieux, superstitieux, méchant, anthropophage même, suivant les préjugés ou les intérêts de ceux qui l'auront élevé. »

Le docteur, qui pensait toujours aux trois questions qu'il avait proposées au chef des pandects, fut ravi de la réponse du paria. « Puisque vous croyez, lui dit-il, que tout homme est obligé de chercher la vérité, dites-moi donc d'abord de quel moyen on doit se servir pour la trouver ; car nos sens nous trompent, et notre raison nous égare encore davantage. La raison diffère presque chez tous les hommes ; elle n'est, je crois, au fond, que l'intérêt particulier de chacun d'eux : voilà pourquoi elle est si variable par toute la terre. Il n'y a pas deux religions, deux nations, deux tribus, deux familles, que dis-je ? il n'y a pas deux hommes qui pensent de la même manière. Avec quel sens donc doit-on chercher la vérité, si celui de l'intelligence n'y peut servir ? — Je crois, répondit le paria, que c'est avec un cœur simple. Les sens et l'esprit peuvent se tromper ; mais un cœur simple, encore qu'il puisse être trompé, ne trompe jamais.

— Votre réponse est profonde, dit le docteur. Il faut d'abord chercher la vérité avec son cœur et non avec son esprit. Les hommes sentent tous de la même manière, et ils raisonnent différemment, parce que les principes de la vérité sont dans la nature, et que les conséquences qu'ils en tirent sont dans leurs intérêts. C'est donc avec un cœur simple qu'on doit chercher la vérité ; car un cœur simple n'a jamais feint d'entendre ce qu'il n'entendait pas et de croire ce qu'il ne croyait pas. Il n'aide point à se tromper, ni à tromper ensuite les autres : ainsi, un cœur simple, loin d'être faible comme ceux de la plupart des hommes séduits par leurs intérêts, est fort, et tel qu'il convient pour chercher la vérité, et pour la garder. — Vous avez développé mon idée bien mieux que je l'aurais fait, reprit le paria. La vérité est comme la rosée du ciel : pour la conserver pure, il faut la recueillir dans un vase pur.

— C'est fort bien dit, homme sincère, reprit l'Anglais ; mais le plus difficile reste à trouver. Où faut-il chercher la vérité ? Un cœur simple dépend de nous, mais la vérité dépend des autres hommes. Où la trouvera-t-on, si ceux qui nous environnent sont séduits par leurs préjugés ou corrompus par leurs intérêts, comme ils le sont pour la plupart ? J'ai voyagé chez beaucoup de peuples, j'ai fouillé leurs bibliothèques, j'ai consulté leurs docteurs, et je n'ai trouvé partout que contradictions, doutes et opinions mille fois plus variées que leurs langages. Si donc on ne trouve pas la vérité dans les plus célèbres dépôts des connaissances humaines, où faudra-t-il l'aller chercher ? A quoi servira d'avoir un cœur simple parmi des hommes qui ont l'esprit faux et le cœur corrompu ? — La vérité me serait suspecte, répondit le paria, si elle ne venait à moi que par le moyen des hommes ; ce n'est point parmi eux qu'il faut la chercher, c'est dans la nature. La nature est la source de tout ce qui existe ; son langage n'est point inintelligible et variable, comme celui des hommes et de leurs livres. Les hommes font des livres, mais la nature fait des choses. Fonder la vérité sur un livre, c'est comme si on la fondait sur un tableau ou sur une statue, qui ne peut intéresser qu'un pays, et que le temps altère chaque jour. Tout livre est l'art d'un homme, mais la nature est l'art de Dieu.

— Vous avez bien raison, reprit le docteur ; la nature est la source des vérités naturelles ; mais où est, par exemple, la source des vérités historiques, si ce n'est dans les livres ? Comment donc s'assurer aujourd'hui de la vérité d'un fait arrivé il y a deux mille ans ? Ceux qui nous l'ont transmis étaient-ils sans préjugés, sans esprit de parti ? avaient-ils un cœur simple ? D'ailleurs, les livres mêmes qui nous les transmettent n'ont-ils pas besoin de copistes, d'imprimeurs, de commentateurs, de traducteurs ? et tous ces gens-là n'altèrent-ils pas plus ou moins la vérité ? Comme vous le dites fort bien, un livre n'est que l'art d'un homme. Il faut donc renoncer à toute vérité historique, puisqu'elle ne peut nous parvenir que par le moyen des hommes sujets à erreur. — Qu'importe à notre bonheur, dit l'Indien, l'histoire des choses passées ? L'histoire de ce qui est, est l'histoire de ce qui a été et de ce qui sera.

— Fort bien, dit l'Anglais ; mais vous conviendrez que les vérités morales sont nécessaires au bonheur du genre humain. Comment donc les trouver dans la nature ? Les animaux s'y font la guerre, s'entre-tuent et se dévorent ; les éléments mêmes combattent contre les éléments : les hommes en agiront-ils de même entre eux ? — Oh !

non, répondit le bon paria, mais chaque homme trouvera la règle de sa conduite dans son propre cœur, si son cœur est simple. La nature y a mis cette loi : Ne faites pas aux autres ce que vous ne voudriez pas que les autres vous fissent. — Il est vrai, reprit le docteur, elle a réglé les intérêts du genre humain sur les nôtres ; mais les vérités religieuses comment les découvrira-t-on parmi tant de traditions et de cultes qui divisent les nations ? — Dans la nature même, répondit le paria ; si nous la considérons avec un cœur simple, nous y verrons Dieu dans sa puissance, son intelligence et sa bonté ; et comme nous sommes faibles, ignorants et misérables, en voilà assez pour nous engager à l'adorer et à l'aimer toute notre vie sans le disputer.

— Admirablement, reprit l'Anglais ; mais maintenant, dites-moi, quand on a découvert une vérité, faut-il en faire part aux autres hommes ? Si vous la publiez, vous serez persécuté par une infinité de gens qui vivent de l'erreur contraire, en assurant que cette erreur même est la vérité, et que tout ce qui tend à la détruire est l'erreur elle-même. — Il faut, répondit le paria, dire la vérité aux hommes qui ont le cœur simple, c'est-à-dire aux gens de bien qui la cherchent, et non aux méchants qui la repoussent. La vérité est une perle fine, et le méchant un crocodile qui ne peut la mettre à ses oreilles, parce qu'il n'en a pas. Si vous jetez une perle à un crocodile, au lieu de s'en parer, il voudra la dévorer ; il se cassera les dents, et de fureur il se jettera sur vous.

— Il ne me reste qu'une objection à vous faire, dit l'Anglais ; c'est qu'il s'en suit de ce que vous venez de dire que les hommes sont condamnés à l'erreur, quoique la vérité leur soit nécessaire, car, puisqu'ils persécutent ceux qui la leur disent, quel est le docteur qui osera les instruire ? — Celui, répondit le paria, qui persécute lui-même les hommes pour la leur apprendre, le malheur.

— Oh ! pour cette fois, homme de la nature, reprit l'Anglais, je crois que vous vous trompez. Le malheur jette les hommes dans la superstition ; il abat le cœur et l'esprit. Plus les hommes sont misérables, plus ils sont vils, crédules et rampants. — C'est qu'ils ne sont pas assez malheureux, repartit le paria. Le malheur ressemble à la Montagne Noire de Bember, aux extrémités du royaume brûlant de Lahore : tant que vous la montez, vous ne voyez devant vous que de stériles rochers ; mais quand vous êtes au sommet, vous apercevez le ciel sur votre tête, et à vos pieds le royaume de Cachemire.

— Charmante et juste comparaison ! reprit le docteur ; chacun, en effet, a dans la vie sa montagne à grimper. La vôtre, vertueux solitaire, a dû être bien rude, car vous êtes élevé par-dessus tous les hommes que je connais. Vous avez donc été bien malheureux ! Mais dites-moi d'abord pourquoi votre caste est-elle si avilie dans l'Inde, et celle des brames si honorée ? Je viens de chez le supérieur de la pagode de Jagrenat, qui ne pense pas plus que son idole et qui se fait adorer comme un Dieu. — C'est, répondit le paria, parce que les brames disent que, dans l'origine, ils sont sortis de la tête du dieu Brahma, et que les parias sont descendus de ses pieds. Ils ajoutent de plus qu'un jour Brahma, en voyageant, demanda à manger à un paria, qui lui présenta de la chair humaine : depuis cette tradition, leur caste est honorée, et la nôtre est maudite dans toute l'Inde. Il ne nous est pas permis d'approcher des villes, et tout naïre ou reispoute peut nous tuer si nous l'approchons seulement à la portée de notre haleine. — Par Saint-George ! s'écria l'Anglais, voilà qui est bien fou et bien injuste ! Comment les brames ont-ils pu persuader une pareille sottise aux Indiens ? — En la leur apprenant dès l'enfance, dit le paria, et en la leur répétant sans cesse : les hommes s'instruisent comme les perroquets. — Infortuné ! dit l'Anglais, comment avez-vous fait pour vous tirer de l'abîme de l'infamie où les brames vous avaient jeté en naissant ? Je ne trouve rien de plus désespérant pour un homme que de le rendre vil à ses propres yeux ; c'est lui ôter la première des consolations ; car la plus sûre de toutes est celle qu'on trouve à rentrer en soi-même.

— Je me suis dit d'abord, reprit le paria : L'histoire du Dieu Brahma est-elle vraie ? Il n'y a que les brames intéressés à se donner une origine céleste, qui la racontent. Ils ont sans doute imaginé qu'un paria avait voulu rendre Brahma anthropophage pour se venger des parias qui refusaient de croire ce qu'ils débitaient de leur sainteté. Après cela je me suis dit : Supposons que ce fait soit vrai : Dieu est juste, il ne peut rendre toute une caste coupable du crime d'un de ses membres, lorsque la caste n'y a pas participé. Mais en supposant que toute la caste des parias ait pris part à ce crime, leurs descendants n'en ont pas été complices. Dieu ne punit pas plus dans les enfants les fautes de leurs aïeux, qu'ils n'ont jamais vus, qu'il ne punirait dans les aïeux les fautes de leurs petits-enfants qui ne sont pas encore nés. Mais supposons encore que j'aie part aujourd'hui à la punition d'un paria, perfide envers son Dieu, il y a des milliers d'années, sans avoir eu part à son crime, est-ce que quelque chose pourrait subsister, haï de Dieu, sans être détruit aussitôt ? Si j'étais maudit de Dieu, rien de ce que je planterais ne réussirait. Enfin, je me dis : Je suppose que je sois haï de Dieu, qui me fait du bien ; je veux tâcher de me rendre agréable à lui en faisant, à son exemple, du bien à ceux que je devrais haïr.

— Mais, lui demanda l'Anglais, comment faisiez-vous pour vivre, étant repoussé de tout le monde ? — D'abord, dit l'Indien, je me dis : Si tout le monde est ton ennemi, sois à toi-même ton ami. Ton malheur n'est pas au-dessus des forces d'un homme. Quelque grande que soit la pluie, un petit oiseau n'en reçoit qu'une goutte à la fois. J'allais dans les bois et le long des rivières chercher à manger ; mais je n'y recueillais le plus souvent que quelque fruit sauvage, et j'avais à craindre les bêtes féroces : ainsi je connus que la nature n'avait presque rien fait pour l'homme seul, et qu'elle avait attaché mon existence à cette même société qui me rejetait de son sein. Je fréquentais alors les champs abandonnés, qui sont en grand nombre dans l'Inde, et j'y rencontrais toujours quelque plante comestible qui avait survécu à la ruine de ses cultivateurs. Je voyageais ainsi de province en province, assuré de trouver partout ma subsistance dans les débris de l'agriculture. Quand je trouvais les semences de quelque végétal utile, je les ressemais, en disant : Si ce n'est pas pour moi, ce sera pour d'autres. Je me trouvais moins misérable en voyant que je pouvais faire quelque bien. Il y avait une chose que je désirais passionnément : c'était d'entrer dans quelques villes. J'admirais de loin leurs remparts et leurs tours, le concours prodigieux de barques sur leurs rivières, et de caravanes sur leurs chemins, chargées de marchandises qui y abordaient de tous les points de l'horizon ; les troupes de gens de guerre qui y venaient monter la garde du fond des provinces ; les marches des ambassadeurs avec leur suite nombreuse, qui y arrivaient des royaumes étrangers pour y notifier des événements heureux, ou pour y faire des alliances. Je m'approchais le plus qu'il m'était permis de leurs avenues, contemplant avec étonnement les longues colonnes de poussière que tant de voyageurs y faisaient lever, et je tressaillais de désir à ce bruit confus qui sort des grandes villes, et qui, dans les campagnes voisines, ressemble au murmure des flots qui se brisent sur les rivages de la mer. Je me disais : Une congrégation d'hommes de tant d'états différents qui mettent en commun leur industrie, leurs richesses et leur joie doit faire d'une ville un séjour de délices. Mais s'il ne m'est pas permis d'en approcher pendant le jour, qui m'empêche d'y entrer pendant la nuit ? Une faible souris, qui a tant d'ennemis, va et vient où elle veut à la faveur des ténèbres ; elle passe de la cabane du pauvre dans le palais des rois. Pour jouir de la vie, il lui suffit de la lumière des étoiles : pourquoi me faut-il celle du soleil ? C'était aux environs de Delhi que je faisais ces réflexions ; elles m'enhardirent au point que j'entrai dans la ville avec la nuit : j'y pénétrai par la porte de Lahore. D'abord je parcourus une longue rue solitaire, formée à droite et à gauche de maisons bordées de terrasses, portées par des arcades, où sont les boutiques des marchands. De distance à autre, je rencontrais de grands caravansérails bien fermés et de grands bazars ou marchés, où régnait le plus grand silence. En approchant de l'intérieur de la ville, je traversai le superbe quartier des omrahs, remplis de palais et de jardins, situés le long de la Gemna. Tout y retentissait du bruit des instruments et des chansons des bayadères, qui dansaient sur le bord du fleuve, à la lueur des flambeaux. Je me présentai à la porte d'un jardin pour jouir d'un si doux spectacle, mais j'en fus repoussé par des esclaves qui en chassaient les misérables à coups de bâton. En m'éloignant du quartier des grands, je passai près de plusieurs pagodes de ma religion, où un grand nombre d'infortunés, prosternés à terre, se livraient aux larmes. Je me hâtai de fuir à la vue de ces monuments de la superstition et de la terreur. Plus loin, les voix perçantes des mollahs, qui annonçaient du haut des airs les heures de la nuit, m'apprirent que j'étais au pied des minarets d'une mosquée. Près de là étaient les factoreries des Européens, avec leurs pavillons, et les gardiens qui criaient sans cesse : *Kaber-dar !*

prenez garde à vous. Je côtoyai ensuite un grand bâtiment, que je reconnus pour une prison, au bruit des chaînes et aux gémissements qui en sortaient. J'entendis bientôt les cris de la douleur dans un vaste hôpital, d'où l'on sortait des chariots pleins de cadavres. Chemin faisant, je rencontrai des voleurs qui fuyaient le long des rues ; des patrouilles de gardes qui couraient après eux ; des groupes de mendiants qui, malgré les coups de rotin, sollicitaient aux portes de leurs palais quelques débris de leurs festins, et partout des femmes qui se prostituaient publiquement pour avoir de quoi vivre. Enfin, après une longue marche, dans la même rue, je parvins à une place immense qui entoure la forteresse habitée par le Grand Mogol. Elle était couverte de tentes de rajahs ou nababs de sa garde, et de leurs escadrons, distingués les uns des autres par des flambeaux, des étendards et de longues cannes terminées par des queues de vaches du Thibet. Un large fossé plein d'eau et hérissé d'artillerie faisait, comme la place, le tour de la forteresse. Je considérai, à la clarté des feux de la garde, les tours du château, qui s'élevaient jusqu'aux nues, et la longueur de ses remparts qui se perdaient dans l'horizon. J'aurais bien voulu y pénétrer ; mais de grands korahs ou fouets, suspendus à des poteaux, m'ôtèrent même le désir de mettre le pied dans la place. Je me tins donc à une des extrémités, auprès de quelques nègres esclaves qui me permirent de me reposer auprès d'un feu autour duquel ils étaient assis. De là je considérais avec admiration le palais impérial, et je me dis : C'est donc ici que demeure le plus heureux des hommes ! c'est pour son obéissance que tant de religions prêchent ; pour sa gloire que tant d'ambassadeurs arrivent ; pour ses trésors, que tant de provinces s'épuisent ; pour ses voluptés, que tant de caravanes voyagent, et pour sa sûreté, que tant d'hommes armés veillent en silence !

« Pendant que je faisais ces réflexions, de grands cris de joie se firent entendre dans toute la place, et je vis passer huit chameaux décorés de banderoles, j'appris qu'ils étaient chargés de têtes de rebelles, que les généraux du Mogol lui envoyaient de la province du Décan, où un de ses fils, qu'il en avait nommé gouverneur, lui faisait la guerre depuis trois ans. Un peu après arriva, à bride abattue, un courrier monté sur un dromadaire ; il venait annoncer la perte d'une ville frontière de l'Inde, par la trahison d'un de ses commandants qui l'avait livrée au roi de Perse. A peine ce courrier était passé, qu'un autre, envoyé par le gouverneur du Bengale, vint apporter la nouvelle que des Européens, auxquels l'empereur avait accordé, pour le bien du commerce, un comptoir à l'embouchure du Gange, y avaient bâti une forteresse et s'y étaient emparés de la navigation du fleuve. Quelques moments après l'arrivée de ces deux courriers, on vit sortir du château un officier à la tête d'un détachement des gardes. Le Mogol lui avait ordonné d'aller dans le quartier des omrahs et d'en amener trois des principaux, chargés de chaînes, accusés d'être d'intelligence avec les ennemis de l'Etat. Il avait fait arrêter la veille un mollah qui faisait dans ses sermons l'éloge du roi de Perse, et disait hautement que l'empereur des Indes était infidèle, parce que, contre la loi de Mahomet, il buvait du vin. Enfin on assurait qu'il venait de faire étrangler et jeter dans la Gemna une de ses femmes et deux capitaines de sa garde, convaincus d'avoir trempé dans la rébellion de son fils. Pendant que je réfléchissais sur ces tragiques événements, une longue colonne de feux s'éleva tout à coup des cuisines du sérail, ses tourbillons de fumée se confondaient avec les nuages, et sa lueur rouge éclairait les tours de la forteresse, ses fossés, la place, les minarets des mosquées, et s'étendait jusqu'à l'horizon. Aussitôt les grosses timbales de cuivre et les karnas ou grands hautbois de la garde sonnèrent l'alarme avec un bruit épouvantable ; des escadrons de cavalerie se répandirent dans la ville, enfonçant les portes des maisons voisines du château, et forçant à grands coups de horah leurs habitants d'accourir au feu.

J'éprouvai aussi moi-même combien le voisinage des grands est dangereux aux petits. Les grands sont comme le feu, qui brûle même ceux qui lui jettent de l'encens, s'ils s'en approchent de trop près. Je voulus m'échapper ; mais toutes les avenues de la place étaient fermées. Il m'eût été impossible d'en sortir si, par la providence de Dieu, le côté où je m'étais mis n'eût été celui du sérail. Comme les eunuques en déménageaient les femmes sur des éléphants, ils facilitèrent mon évasion ; car si partout les gardes obligeaient, à coups de fouet, les hommes de venir au secours du château, les éléphants, à coups de trompe, les forçaient de s'en éloigner. Ainsi, tantôt poursuivi par les uns, tantôt poursuivi par les autres, je sortis de cet affreux chaos ; et, à la clarté de l'incendie, je gagnai l'autre extrémité du faubourg, où, sous des huttes, loin des grands, le peuple se reposait en paix de ses travaux. Ce fut là que je commençai à respirer. Je me dis : J'ai donc vu une ville ; j'ai vu la demeure des maîtres des nations ! Oh ! de combien de maîtres ne sont-ils pas eux-mêmes les esclaves ! Ils obéissent, jusque dans le temps du repos, aux voluptés, à l'ambition, à la superstition, à l'avarice ; ils ont à craindre, même dans le sommeil, une foule d'êtres misérables et malfaisants dont ils sont entourés : des voleurs, des mendiants, des courtisanes, des incendiaires, et

jusqu'à leurs soldats, leurs grands et leurs prêtres. Que doit-ce être d'une ville pendant le jour,
si elle est ainsi troublée pendant la nuit ? Les
maux de l'homme croissent avec ses jouissances ; combien l'empereur, qui les réunit toutes,
n'est-il pas à plaindre ! Il a à redouter les guerres civiles et étrangères, et les objets mêmes qui
font sa consolation et sa défense ; ses généraux,
ses gardes, ses mollahs, ses femmes et ses enfants. Les fossés de sa forteresse ne sauraient
arrêter les fantômes de la superstition, ni ses
éléphants, si bien dressés, repousser loin de lui
les noirs soucis. Pour moi, je ne crains rien de
tout cela : aucun tyran n'a d'empire ni sur mon
corps ni sur mon âme. Je peux servir Dieu suivant ma conscience, et je n'ai rien à redouter
d'aucun homme, si je ne me tourmente moi-
même : en vérité, un paria est moins malheureux
qu'un empereur. En disant ces mots, les larmes
me vinrent aux yeux, et, tombant à genoux, je
remerciai le ciel qui, pour m'apprendre à supporter mes maux, m'en avait montré de plus
intolérables que les miens.

« Depuis ce temps, je n'ai fréquenté dans Delhi
que les faubourgs. De là je voyais les étoiles
éclairer les habitations des hommes et se confon-
dre avec leurs feux, comme si le ciel et la ville
n'eussent fait qu'un même domaine. Quand la
lune venait éclairer ce paysage, j'y apercevais

d'autres couleurs que celles du jour. J'admirais les tours, les maisons et les arbres, à la fois argentés et couverts de crêpes, qui se reflétaient au loin dans les eaux de la Gemna. Je parcourais en liberté de grands quartiers solitaires et silencieux, et il me semblait alors que toute la ville était à moi. Cependant l'humanité m'y aurait refusé une poignée de riz, tant la religion m'y avait rendu odieux ! Ne pouvant donc trouver d'amis parmi les vivants, j'en cherchais parmi les morts ; j'allais dans les cimetières manger sur les tombeaux les mets offerts par la piété des parents. C'était dans ces lieux que j'aimais à réfléchir. Je me disais : C'est ici la ville de la paix, ici ont disparu la puissance et l'orgueil ; l'innocence et la vertu sont en sûreté ; ici sont mortes toutes les craintes de la vie, même celle de mourir ; c'est ici l'hôtellerie où pour toujours le charretier a dételé, où le paria repose. Dans ces pensées, je trouvais la mort désirable, et je venais à mépriser la terre. Je considérais l'orient d'où sortait à chaque instant une multitude d'étoiles. Quoique leurs destins me fussent inconnus, je sentais qu'ils étaient liés avec ceux des hommes, et que la nature, qui a fait ressortir à leurs besoins tant d'objets qu'ils ne voient pas, y avait au moins attaché ceux qu'elle offrait à leur vue. Mon âme s'élevait donc dans le firmament avec les astres ; et lorsque l'aurore venait joindre à leurs douces et éternelles clartés ses teintes de rose, je me croyais aux portes du ciel. Mais dès que ses feux doraient le sommet des pagodes, je disparaissais comme une ombre ; j'allais, loin des hommes, me reposer dans les champs au pied d'un arbre, où je m'endormais au chant des oiseaux.

— Homme sensible et infortuné, dit l'Anglais, votre récit est bien touchant : croyez-moi, la plupart des villes ne méritent d'être vues que la nuit. Après tout, la nature a des beautés nocturnes qui ne sont pas les moins touchantes ; un poète fameux de mon pays n'en a pas célébré d'autres. Mais, dites-moi, comment enfin avez-vous fait pour vous rendre heureux à la lumière du jour ?

— C'était déjà beaucoup d'être heureux la nuit, reprit l'Indien ; la nature ressemble à une belle femme qui, pendant le jour, ne montre au vulgaire que les beautés de son visage, et qui, pendant la nuit, en dévoile de secrètes à son amant. Mais si la solitude a ses jouissances, elle a ses privations : elle paraît à l'infortuné un port tranquille, d'où il voit s'écouler les passions des autres hommes sans en être ébranlé ; mais pendant qu'il se félicite de son immobilité, le temps l'entraîne lui-même. On ne jette point l'ancre dans le fleuve de la vie ; il emporte également celui qui lutte contre son cours et celui qui s'y abandonne, le sage comme l'insensé, et tous deux arrivent à la fin de leurs jours, l'un après en avoir abusé, et l'autre sans en avoir joui. Je ne voulais pas être plus sage que la nature, ni trouver mon bonheur hors des lois qu'elle a prescrites à l'homme. Je désirais surtout un ami à qui je pusse communiquer mes plaisirs et mes peines. Je le cherchai longtemps parmi mes égaux ; mais je ne vis que des envieux. Cependant j'en trouvai un sensible, reconnaissant, fidèle et inaccessible aux préjugés : à la vérité, ce n'était pas dans mon espèce, mais dans celle des animaux ; c'était ce chien que vous voyez. On l'avait exposé, tout petit, au coin d'une rue, et il était près de mourir de faim. Il me toucha de compassion ; je l'élevai : il s'attacha à moi, et je m'en fis un compagnon inséparable. Ce n'était pas assez : il me fallait un ami plus malheureux qu'un chien, qui connût tous les maux de la société humaine et qui m'aidât à les supporter ; qui ne désirât que les biens de la nature, et avec qui je pusse en jouir. Ce n'est qu'en s'entrelaçant que deux faibles arbrisseaux résistent à l'orage. La Providence combla mes désirs en me donnant une bonne femme. Ce fut à la source de mes malheurs que je trouvai celle de mon bonheur. Une nuit que j'étais au cimetière des brames, j'aperçus, au clair de la lune, une jeune bramine, à demi couverte de son voile jaune. A l'aspect d'une femme du sang de mes tyrans, je reculai d'horreur, mais je m'en rapprochai ému de compassion en voyant le soin dont elle était occupée. Elle mettait à manger sur un tertre qui couvrait les cendres de sa mère, brûlée depuis peu toute vive, avec le corps de son père, suivant l'usage de sa caste, et elle y brûlait de l'encens, pour appeler son ombre. Les larmes me vinrent aux yeux en voyant une personne plus infortunée que moi. Je me dis : Hélas ! je suis lié des liens de l'infamie, mais tu l'es de ceux de la gloire. Au moins je vis tranquille au fond de mon précipice ; et toi, toujours tremblante sur le bord du tien. Le même destin qui t'a enlevé ta mère te menace de t'enlever un jour. Tu n'as reçu qu'une vie, et tu dois mourir de deux morts : si ta propre mort ne te fait descendre au tombeau, celle de ton époux t'y entraînera toute vivante. Je pleurais, et elle pleurait ; nos yeux baignés de larmes se rencontrèrent et se parlèrent comme ceux des malheureux : elle détourna les siens, s'enveloppa de son voile et se retira. La nuit suivante, je revins au même lieu. Cette fois elle avait mis une plus grande provision de vivres sur le tombeau de sa mère : elle avait jugé que j'en avais besoin ; et comme les brames empoisonnent souvent leurs mets funéraires, pour empêcher les parias de les manger, pour me rassurer sur l'usage des siens, elle n'y avait apporté que des fruits. Je fus touché de cette marque d'humanité ; et, pour lui témoigner le respect que je portais à son offrande filiale, au lieu de prendre ses fruits, j'y joignis des fleurs : c'étaient des pavots, qui exprimaient la part que je prenais à sa douleur. La nuit suivante, je vis avec joie qu'elle avait approuvé mon hommage ; les pavots étaient arrosés, et elle avait mis un nouveau panier de fruits à quelque distance du tombeau. La piété et la reconnaissance m'enhardirent. N'osant lui parler comme paria, de peur de la compromettre, j'entrepris, comme homme, de lui exprimer toutes les affections qu'elle faisait naître dans mon âme : suivant l'usage des Indes, j'empruntai, pour me faire entendre, le langage des fleurs ; j'ajoutai au pavot des soucis. La nuit d'après, je retrouvai mes pavots et mes soucis baignés d'eau. La nuit suivante, je devins plus hardi : je joignis aux pavots et aux soucis une fleur de foulsapatte, qui sert aux cordonniers à teindre leurs cuirs en noir, comme l'expression d'un amour humble et malheureux. Le lendemain, dès l'aurore, je courus au tombeau, mais j'y vis la foulsapatte desséchée, parce qu'elle n'avait pas été arrosée. La nuit suivante, j'y mis, en tremblant, une tulipe dont les feuilles rouges et le cœur noir exprimaient les feux dont j'étais brûlé ; le lendemain, je retrouvai ma tulipe dans l'état de la foulsapatte.

J'étais accablé de chagrin ; cependant, le surlendemain, j'y apportai un bouton de rose avec ses épines, comme le symbole de mes espérances mêlées de beaucoup de craintes. Mais quel fut mon désespoir quand je vis, aux premiers rayons du jour, mon bouton de rose loin du tombeau ! Je crus que je perdrais la raison. Quoi qu'il pût m'en arriver, je résolus de lui parler. La nuit suivante, dès qu'elle parut, je me jetai à ses pieds ; mais je restai tout interdit en lui présentant ma rose. Elle prit la parole et me dit :
« Infortuné ! tu me parles d'amour, et bientôt je
« ne serai plus. Il faut, à l'exemple de ma mère,
« que j'accompagne au bûcher mon époux qui
« vient de mourir : il était vieux, je l'épousai
« enfant : adieu ; retire-toi et oublie-moi ; dans
« trois jours je ne serai qu'un peu de cendres. »
En disant ces mots, elle soupira. Pour moi, pénétré de douleur, je lui dis : « Malheureuse bra-
« mine ! la nature a rompu les liens que la
« société vous avait donnés ; achevez de rompre
« ceux de la superstition : vous le pouvez en me
« prenant pour époux. — Quoi ! reprit-elle en
« pleurant, j'échapperais à la mort pour vivre
« avec toi dans l'opprobre ! Ah ! si tu m'aimes,
« laisse-moi mourir. — A Dieu ne plaise,
« m'écriai-je, que je ne vous tire de vos maux
« que pour vous plonger dans les miens ! Chère
« bramine, fuyons ensemble au fond des forêts :

« il vaut encore mieux se fier aux tigres qu'aux
« hommes. Mais le ciel, dans qui j'espère, ne
« nous abandonnera pas. Fuyons : l'amour, la
« nuit, ton malheur, ton innocence, tout nous
« favorise. Hâtons-nous, veuve infortunée, déjà
« ton bûcher se prépare, et ton époux mort t'y
« appelle. Pauvre liane renversée ! appuie-toi sur
« moi, je serai ton palmier. » Alors elle jeta, en
gémissant, un regard sur le tombeau de sa mère,
puis vers le ciel, et, laissant tomber une de ses
mains dans la mienne, de l'autre elle prit ma
rose. Aussitôt je la saisis par le bras, et nous
nous mîmes en route. Je jetai son voile dans le
Gange pour faire croire à ses parents qu'elle s'y
était noyée. Nous marchâmes pendant plusieurs
nuits le long du fleuve, nous cachant le jour
dans des rizières. Enfin nous arrivâmes dans
cette contrée que la guerre autrefois a dépeu-
plée d'habitants. Je pénétrai au fond de ce bois,
où j'ai bâti cette cabane et planté un petit jardin.
Nous y vivons très heureux. Je révère ma femme
comme le soleil, et je l'aime comme la lune.
Dans cette solitude, nous nous tenons lieu de
tout ; nous étions méprisés du monde ; comme
nous nous estimons mutuellement, les louanges
que je lui donne, ou celles que j'en reçois, nous
paraissent plus douces que les applaudissements
d'un peuple. » En disant ces mots, il regardait

son enfant dans son berceau, et sa femme qui versait des larmes de joie.

Le docteur, en essuyant les siennes, dit à son hôte : « En vérité, ce qui est en honneur chez les hommes est souvent digne de leur mépris, et ce qui est méprisé d'eux mérite souvent d'en être honoré. Mais Dieu est juste ; vous êtes mille fois plus heureux dans votre obscurité que le chef des brames de Jagrenat dans toute sa gloire. Il est exposé, ainsi que sa caste, à toutes les révolutions de la fortune ; c'est sur les brames que tombent la plupart des fléaux des guerres civiles et étrangères qui désolent votre beau pays depuis tant de siècles ; c'est à eux qu'on s'adresse souvent pour avoir des contributions forcées, à cause de l'empire qu'ils exercent sur l'opinion des peuples. Mais, ce qu'il y a de plus cruel pour eux, ils sont les premières victimes de leur religion inhumaine. A force de prêcher l'erreur, ils s'en pénètrent eux-mêmes au point de perdre le sentiment de la vérité, de la justice, de l'humanité, de la piété : ils sont liés des chaînes de la superstition dont ils veulent captiver leurs compatriotes ; ils sont forcés à chaque instant de se laver, de se purifier, et de s'abstenir d'une multitude de jouissances innocentes ; enfin, ce qu'on ne peut pas dire sans horreur, par une suite de leurs dogmes barbares, ils voient brûler vives leurs parentes, leurs mères, leurs sœurs et leurs propres filles : ainsi les punit la nature, dont ils ont violé les lois. Pour vous, il vous est permis d'être sincère, bon, juste, hospitalier, pieux ; et vous échappez aux coups de la fortune et aux maux de l'opinion par votre humiliation même. »

Après cette conversation, le paria prit congé de son hôte pour le laisser reposer, et se retira, avec sa femme et le berceau de son enfant, dans une petite pièce voisine.

Le lendemain, au lever de l'aurore, le docteur fut réveillé par le chant des oiseaux nichés dans les branches du figuier d'Inde, et par les voix du paria et de sa femme, qui faisaient ensemble la prière du matin. Il se leva et fut bien fâché lorsque, le paria et sa femme ouvrant leur porte pour lui souhaiter le bonjour, il vit qu'il n'y avait d'autre lit dans la cabane que le lit conjugal, et qu'ils avaient veillé toute la nuit pour le lui cé-der. Après qu'ils lui eurent fait le salam, ils se hâtèrent de lui préparer à déjeuner. Pendant ce temps-là, il fut faire un tour dans le jardin : il le trouva, ainsi que la cabane, entouré des arca-des du figuier d'Inde, si entrelacées, qu'elles for-maient une haie impénétrable même à la vue. Il apercevait seulement au-dessus de leur feuil-lage les flancs rouges du rocher qui flanquaient le vallon tout autour de lui ; il en sortait une petite source qui arrosait ce jardin planté sans ordre. On y voyait pêle-mêle des mangoustans,

des orangers, des cocotiers, des litchis, des du-
rions, des manguiers, des jacquiers, des bananiers, et d'autres végétaux tous chargés de fleurs
ou de fruits. Leurs troncs mêmes en étaient couverts ; le bétel serpentait autour du palmier rec,
et le poivrier le long de la canne à sucre. L'air
était embaumé de leurs parfums. Quoique la plupart des arbres fussent encore dans l'ombre, les
premiers rayons de l'aurore éclairaient déjà leurs
sommets ; on y voyait voltiger des colibris étin-
celants comme des rubis et des topazes, tandis
que des bengalis et des sensa-soulé, ou cinq
cents voix, cachés sous l'humide feuillée, faisaient entendre sur leurs nids leurs doux concerts. Le docteur se promenait sous ces charmants
ombrages, loin des pensées savantes et ambi-
tieuses, lorsque le paria vint l'inviter à déjeuner.
« Votre jardin est délicieux, dit l'Anglais ; je
ne lui trouve d'autre défaut que d'être trop petit ; à votre place j'y ajouterais un boulingrin
et je l'étendrais dans la forêt. — Seigneur, lui
répondit le paria, moins on tient de place, plus
on est à couvert : une feuille suffit au nid de
l'oiseau-mouche. » En disant ces mots, ils entrèrent dans la cabane, où ils trouvèrent dans un
coin la femme du paria qui allaitait son enfant :
elle avait servi à déjeuner. Après un repas silencieux, le docteur se préparant à partir, l'Indien
lui dit : « Mon hôte, les campagnes sont encore

inondées des pluies de la nuit, les chemins sont impraticables ; passez ce jour avec nous. — Je ne peux, dit le docteur, j'ai trop de monde avec moi. — Je le vois, reprit le paria, vous avez hâte de quitter le pays des brames pour retourner dans celui des chrétiens, dont la religion fait vivre tous les hommes en frères. » Le docteur se leva en soupirant. Alors le paria fit un signe à sa femme, qui, les yeux baissés et sans parler, présenta au docteur une corbeille de fleurs et de fruits. Le paria, prenant la parole pour elle, dit à l'Anglais : « Seigneur, excusez notre pauvreté ; nous n'avons, pour parfumer nos hôtes suivant l'usage de l'Inde, ni ambre gris ni bois d'aloès ; nous n'avons que des fleurs et des fruits ; mais j'espère que vous ne mépriserez pas cette petite corbeille remplie par les mains de ma femme ; il n'y a ni pavots ni soucis, mais des jasmins, du mougris et des bergamotes, symbole, par la durée de leurs parfums, de notre affection, dont le souvenir nous restera, lors même que nous ne vous verrons plus. » Le docteur prit la corbeille, et dit au paria : « Je ne saurais trop reconnaître votre hospitalité et vous témoigner toute l'estime que je vous porte : acceptez cette montre d'or ; elle est de Graham, le plus fameux horloger de Londres ; on ne la remonte qu'une fois par an. » Le paria lui répondit : « Seigneur, nous n'avons pas besoin de montre ! nous en avons une qui va toujours et qui ne se dérange jamais ; c'est le soleil. — Ma montre sonne les heures, ajouta le docteur. — Nos oiseaux les chantent, repartit le paria. — Au moins, dit le docteur, recevez ces cordons de corail pour faire des colliers rouges à votre femme et à votre enfant. — Ma femme et mon enfant, répondit l'Indien, ne manqueront jamais de colliers rouges, tant que notre jardin produira des pois d'angole. — Acceptez donc, dit le docteur, ces pistolets pour vous défendre des voleurs dans votre solitude. — La pauvreté, dit le paria, est un rempart qui éloigne de nous les voleurs ; l'argent dont vos armes sont garnies suffirait pour les attirer. Au nom de Dieu qui nous protège, et de qui nous attendons notre récompense, ne nous enlevez pas le prix de notre hospitalité. — Cependant, reprit l'Anglais, je désirerais que vous conservassiez quelque chose de moi. — Eh bien, mon hôte, répondit le paria, puisque vous le voulez, j'oserai vous proposer un échange : donnez-moi votre pipe, et recevez la mienne ; lorsque je fumerai dans la vôtre, je me rappellerai qu'un pandect européen n'a pas dédaigné d'accepter l'hospitalité chez un pauvre paria. » Aussitôt le docteur lui présenta sa pipe de cuir d'Angleterre, dont l'embouchure était d'ambre jaune, et reçut en retour celle du paria, dont le tuyau était de bambou, et le fourneau de terre cuite.

Ensuite il appela ses gens, qui étaient tous morfondus de leur mauvaise nuit passée ; et, après avoir embrassé le paria, il monta dans son palanquin. La femme du paria, qui pleurait, resta sur la porte de la cabane, tenant son enfant dans ses bras ; mais son mari accompagna le docteur jusqu'à la sortie du bois, en le comblant de bénédictions. « Que Dieu soit votre récompense, lui disait-il, pour votre bonté envers les malheureux ! que je lui sois en sacrifice pour vous ! qu'il vous ramène heureusement en Angleterre, ce pays de savants et d'amis, qui cherchent la vérité par tout le monde pour le bonheur des hommes ! » Le docteur lui répondit : « J'ai parcouru la moitié du globe, et je n'ai vu partout que l'erreur et la discorde ; je n'ai trouvé la vérité et le bonheur que dans votre cabane. » En disant ces mots, ils se séparèrent l'un de l'autre en versant des larmes. Le docteur était déjà bien loin dans la campagne, qu'il voyait encore le bon paria au pied d'un arbre, qui lui faisait signe des mains pour lui dire adieu.

Le docteur, de retour à Calcutta, s'embarqua pour Chandernagor, d'où il fit voile pour l'Angleterre. Arrivé à Londres, il remit les quatre-vingt-dix ballots de ses manuscrits au président de la Société royale, qui les déposa au Muséum britannique, où les savants et les journalistes s'occupent encore aujourd'hui à en faire des traductions, des éloges, des diatribes, des critiques et des pamphlets. Quant au docteur, il garda pour lui les trois réponses du paria sur la vérité. Il fumait souvent dans sa pipe ; et quand on le questionnait sur ce qu'il avait appris de plus utile dans ses voyages, il répondait : « Il faut chercher la vérité avec un cœur simple ; on ne la trouve que dans la nature ; on ne doit la dire qu'aux gens de bien. » A quoi il ajoutait : « On n'est heureux qu'avec une bonne femme. »

NOTICE
SUR BERNARDIN DE SAINT-PIERRE
ÉCRITE PAR LUI-MÊME (1)

Je suis né en 1737, au Havre-de-Grâce, en Normandie, de parents qui me firent donner ce qu'on appelle, en Europe, une bonne éducation. A douze ans, j'en fus si dégoûté, que, profitant de l'amitié d'un oncle qui commandait un navire de commerce, je fis un voyage à la Martinique. J'en revins encore plus mécontent de mon parent, de la mer et de cette île où j'avais pensé mourir du mal du pays, que je ne l'avais été de mon pédagogue et de son collège.

A mon retour, je repris mes études ; je les continuai successivement à Gisors, chez les jésuites à Rouen, où je pris pour les lettres un goût que je perfectionnai à l'université de Caen.

Cependant il me fallait un état qui m'assurât une fortune pour l'avenir. Je fus envoyé à Paris à l'école des Ponts-et-chaussées, où j'appris le dessin des plans et les mathématiques ; de là j'entrai dans un corps d'ingénieurs des camps et armées, et l'année suivante je fus envoyé à Malte, menacée d'une invasion de la part des Turcs. Les Turcs ne vinrent point ; mais j'eus une querelle assez vive avec les ingénieurs ordinaires, attendu que je n'étais pas de leur corps. Elle me fit honneur ; mais elle me fit perdre mon état.

Je résolus alors d'aller chercher du service hors de ma patrie. Je vendis le peu que j'avais, et je m'embarquai pour la Hollande, dans l'intention de passer en Portugal, alors en guerre avec l'Espagne. Le général Piquebourg, qui devait commander les troupes portugaises, était parti il y avait trois jours. Une nouvelle guerre s'allumait dans le Nord. L'empereur de Russie, Pierre III, voulait s'emparer du Holstein ; il devait commencer son attaque par Lubeck. Cette ville était commandée par un de mes compatriotes, le chevalier de Chasot. Je lui offris mes services comme ingénieur ; il m'invita à le venir joindre. Je passai deux mois chez lui. Nous attendions de jour en jour l'arrivée des Russes, lorsque nous apprîmes que leur empereur venait d'être détrôné. Sa femme,

---

(1) Notice écrite en 1809, à la demande de M. Peale, peintre américain, que le gouvernement des Etats-Unis avait envoyé à Paris pour faire les portraits des hommes célèbres.

Catherine II, voulant rappeler dans ses Etats les arts libéraux que haïssait son mari, avait offert à M. Torelli, beau-père du chevalier, d'être directeur de l'Académie de Pétersbourg ; je résolus de l'accompagner. Nous nous embarquâmes pour Cronstadt, le 1er septembre, et nous y arrivâmes vers la fin du mois. Nous nous rendîmes à Pétersbourg le même jour ; là, nous apprîmes que l'impératrice était à Moscou ; ce qui rendit mes lettres de recommandation inutiles jusqu'au mois de janvier, que je fis ce voyage. Je fus fort bien reçu du grand-maître d'artillerie. J'entrai ingénieur-lieutenant dans le corps du génie. J'aurais probablement fini mes jours dans ce pays, si des hivers de six mois et des mœurs non moins rudes n'avaient altéré ma santé. Je demandai un congé, qui me fut accordé après un an et demi de service. Je m'en revins en France par la Pologne. Ce pays, alors divisé par des guerres intestines, me fit désirer d'y faire quelque action agréable à ma patrie où je retournais. Je me jetai dans le parti protégé par la France ; mais, en allant joindre le prince Radzivill, je fus fait prisonnier par le parti russe du service duquel je sortais. Je fus assez heureux pour obtenir son estime dans ma prison même. Au bout de neuf jours je fus relâché. Il me fut permis de retourner en France ou de séjourner à Varsovie. J'y passai un an dans les fêtes. De là, je pris ma route à Dresde, ville située dans un pays charmant, mais dont la moitié des maisons étaient encore par terre par suite d'un bombardement du roi de Prusse ; elle ne se relevait que par la plus stricte économie. On avait réformé une partie de l'armée ; il n'y avait point de service à obtenir à Dresde. Je me rendis à Berlin, curieux de comparer aux voluptueux Saxons les belliqueux Prussiens. Berlin, et surtout Potsdam ne me parurent que de magnifiques casernes. Je ne vis que des soldats dans les rues et des guêtres aux fenêtres. Le roi me fit offrir du service ; mais je le remerciai. Le traitement qu'il voulait me faire comme ingénieur ne m'aurait pas donné de quoi vivre. Avant ce voyage j'avais vu Vienne ; mais l'orgueil de ses habitants, et surtout de sa noblesse, m'en avait fait repartir presque aussitôt mon arrivée. Je revins à Paris, où je trouvai l'occasion de m'embarquer pour l'Ile-de-France.

Il s'agissait d'établir une colonie française à Madagascar. J'étais nommé ingénieur du fort Dauphin. Heureusement je fus retenu à l'île de France par un effet de la division des chefs. Celui qui était destiné pour Madagascar en fut rappelé au bout de quelques mois ayant perdu presque tout son monde par une suite de l'intempérie d'un pays qu'il ne connaissait pas.

Je restai deux ans à l'île de France, fort occupé de mon

service. Il s'en fallait bien que j'y fusse heureux. Tout y était en combustion : l'intendant et le gouverneur, les habitants et les militaires ; les persécutions particulières des ingénieurs ordinaires, qui ne voyaient en moi qu'un officier qui n'était pas de leur corps ; mon faible traitement de capitaine, payé en papier monnaie qui perdait 100 pour 100 ; et, plus que je ne peux le dire, le sort déplorable des malheureux noirs, ce spectacle continuel de maux de toute espèce me jeta dans une profonde mélancolie.

Je sollicitai mon retour en France, et je l'obtins. Je comptais beaucoup sur le crédit d'un ambassadeur qui m'avait fait passer dans cette île ; il m'avait promis de m'attacher à son sort. Je lui rapportais des curiosités précieuses acquises par mes épargnes et par la générosité de quelques amis ; il les accepta et ne m'offrit d'autres ressources que de retourner d'où je venais.

Dès ce moment, je résolus de ne plus mettre ma confiance dans aucun homme. Je m'étais convaincu que la Providence régnait dans toute la nature ; je ne doutai pas qu'elle ne régnât aussi parmi les hommes, malgré leurs désordres. Je me décidai à creuser dans mon propre terrain pour y chercher de l'eau, et je renonçai à celui d'autrui.

Je pris donc la plume, quoique j'en eusse fait déjà un essai infructueux. A mon retour des voyages du Nord, j'avais écrit un grand mémoire sur la Hollande, la Prusse, la Pologne et la Russie, que j'avais parcourues, et je l'avais remis au ministère des affaires étrangères ; mais il n'y produisit aucun effet. J'y avais cependant prédit le partage de la Pologne par les trois puissances voisines. Cette fois je résolus de prendre le public pour mon confident. J'écrivis mon voyage à l'île de France, et je le fis imprimer sans me nommer. Il m'attira quelques éloges des journalistes, mais il me fit des ennemis à Versailles : on ne me pardonna point d'avoir publié les désordres de la colonie et déploré le sort des malheureux noirs.

Je ne perdis pas courage ; j'étendis mes vues plus loin ; au bout de quelques années de retraite, je publiai les trois premiers volumes de mes *Etudes de la Nature*, avec mon nom et mes surnoms. J'y attaquais des abus et des erreurs en tout genre, et j'y annonçais une révolution prochaine, si on ne se hâtait d'y remédier. Cet ouvrage eut un grand succès : j'en fis successivement cinq éditions en y ajoutant deux volumes. Il me mit à mon aise, et, sans les contrefaçons, il m'aurait fait une grande fortune. Cependant, dès les premières éditions, il me valut plusieurs pensions de la cour, sans que j'eusse besoin de les solliciter. Le roi Louis XVI me nomma de lui-même intendant du Jardin des

Plantes et du Muséum d'histoire naturelle. Je me mariai et ma compagne me donna plusieurs enfants.

Je commençais à être heureux, lorsque la révolution que j'avais prédite arriva : elle m'enleva ma place, mes pensions et presque toutes mes économies.

Ainsi j'ai passé dans cette navigation du monde, comme la plupart des hommes à travers toutes les tempêtes de la vie, les préjugés, la mauvaise fortune, les maladies, les guerres, les procès, les calomnies, les contrefaçons et les banqueroutes tant publiques que particulières.

Cependant l'étoile de notre illustre empereur Bonaparte a dissipé pour moi tous ces orages. Il a rétabli une partie de ma fortune par plusieurs pensions, et il y a joint la croix d'honneur. Son frère Joseph, roi d'Espagne, y a mis le comble par une pension de six mille francs. Je dois ces bienfaits non sollicités au simple mouvement de bienfaisance naturel à ces deux grands princes.

Je suis aussi heureux du côté de la nature. J'ai deux aimables enfants : ma fille Virginie, âgée de quatorze ans, élevée à Ecouen par ordre de l'empereur, et mon fils Paul, âgé de onze ans, qui étudie dans mon voisinage. J'ai perdu leur mère de bonne heure : mais j'ai recouvré dans une seconde épouse, une femme rare qui a élevé leur enfance et qui prend soin de ma vieillesse avec la même affection. J'ai soixante-douze ans et je jouis d'une santé sans infirmités. Le goût des muses et de la philosophie est toujours rempli de charmes pour moi. Il y a deux ans j'ai publié un drame sur la mort de Socrate, auquel j'ai joint quelques autres opuscules. Je m'occupe à présent à finir un long ouvrage que j'ai commencé il y a beaucoup d'années. La Providence a tout disposé pour m'en faciliter les moyens. J'ai un ermitage commode et agréable à sept lieues de Paris, sur les bords de l'Oise. J'y passe en toute liberté, avec une partie de ma famille, la moitié de chaque mois de la belle saison. Ainsi mon vaisseau, longtemps battu par les tempêtes, s'avance en paix, à la faveur des vents favorables, vers le port de la vie. Avant d'y jeter l'ancre pour toujours, je tâche d'en couronner la poupe de quelques fleurs nouvelles.

O sages Américains, si, comme je l'ai souvent désiré, j'avais pu cultiver un petit coin de vos vastes forêts, et y vivre heureux, je vous serais sans doute inconnu ; mais si j'ai pu, en parcourant le monde, mériter le monument d'amitié que vous m'avez élevé dans votre Musée, je bénirai tous les maux que j'ai soufferts !

Liste des *Cent Chefs-d'œuvre* choisis par les auditeurs de la communauté radiophonique de langue française et édités par Robert Laffont. (Les ouvrages précédés d'une astérisque ont déjà été publiés.)

MOYEN AGE - XVIᵉ SIECLE

*1. VILLON — Poésies
2. MONTAIGNE — Essais
3. RONSARD — Les Odes - Les Sonnets - Les Amours
4. RABELAIS — Gargantua
5. — La Chanson de Roland
*6. RABELAIS — Pantagruel
7. — Tristan et Iseult
*8. DU BELLAY — Les Regrets - Les Antiquités de Rome
9. — Le Roman de Renart
10. CLÉMENT MAROT — Poèmes
11. JOINVILLE — Histoire de Saint Louis
12. DU BELLAY — Deffense et Illustration de la langue française

XVIIᵉ SIECLE

1. MOLIÈRE — Théâtre
2. RACINE — Théâtre
*3. LA FONTAINE — Fables
4. CORNEILLE — Théâtre choisi
*5. LA BRUYÈRE — Les Caractères
6. Mᵐᵉ DE SÉVIGNÉ — Lettres choisies
7. PASCAL — Pensées
8. DESCARTES — Discours de la Méthode
*9. BOSSUET — Oraisons funèbres et sermons
*10. LA ROCHEFOUCAULD — Maximes
11. BOILEAU — Satires et Epîtres - Le Lutrin
*12. Mᵐᵉ DE LA FAYETTE — La Princesse de Clèves
13. FÉNÉLON — Les Aventures de Télémaque
14. PERRAULT — Histoires et Contes du temps passé
15. PASCAL — Les Provinciales
16. MALHERBE — Poésies
17. CARDINAL DE RETZ — Mémoires
18. FRANÇOIS DE SALES — Introduction à la vie dévote
*19. A. D'AUBIGNÉ — Les Tragiques

20. La Religieuse portugaise	Lettres portugaises
21. Bossuet	Discours sur l'histoire universelle
22. Scarron	Le Roman comique
23. La Rochefoucauld	Mémoires
24. Fénélon	Traité de l'Education des Filles

XVIII⁰ SIECLE

*1. Marivaux	Théâtre
*2. Beaumarchais	Théâtre
*3. Voltaire	Candide et autres contes
4. Montesquieu	Lettres persanes
5. Abbé Prévost	Manon Lescault
6. André Chénier	Bucoliques - Iambes - Idylles
7. Saint-Simon	Mémoires
*8. Bernardin de Saint-Pierre	Paul et Virginie
9. J.-J. Rousseau	Les Confessions
10. Buffon	Histoire naturelle
11. Montesquieu	L'Esprit des Lois
12. Rousseau	Les Rêveries d'un promeneur solitaire
13. Lesage	Gil Blas de Santillane
14. Voltaire	Le Siècle de Louis XIV
*15. Ch. de Laclos	Les Liaisons dangereuses
16. Diderot	Jacques le Fataliste - Le Neveu de Rameau
17. Rousseau	Emile
18. Voltaire	Choix de lettres
19. Rousseau	La Nouvelle Héloïse
20. X. de Maistre	Voyage autour de ma chambre
21. Rousseau	Le Contrat social
22. Florian	Fables
23. Lesage	Le Diable boiteux
24. Diderot	Le Rêve de d'Alembert - Entretiens et paradoxe sur le Comédien

XIX⁰ SIECLE

1. Baudelaire	Les Fleurs du Mal
*2. Flaubert	Madame Bovary
*3. Stendhal	Le Rouge et le Noir

4.	Balzac	Eugénie Grandet
5.	Hugo	Les Misérables
6.	Stendhal	La Chartreuse de Parme
7.	A. Dumas père	Les Trois Mousquetaires
*8.	Balzac	Le Père Goriot
9.	Chateaubriand	Mémoires d'Outre-Tombe
10.	Lamartine	Méditations poétiques
*11.	Hugo	Notre-Dame de Paris
12.	Musset	Poésies
13.	Hugo	La Légende des Siècles
14.	G. Sand	La Mare au Diable
15.	Musset	Comédies et Proverbes
16.	Chateaubriand	Le Génie du Christianisme
17.	Michelet	Histoire de la Révolution française
18.	Vigny	Les Destinées - Poèmes antiques et modernes
19.	A. Dumas père	Le Comte de Monte-Cristo
20.	Flaubert	Salammbô
*21.	Mérimée	Carmen
22.	Th. Gautier	Emaux et Camées
*23.	Mérimée	Colomba et autres nouvelles
24.	G. de Nerval	Poésies
25.	Fromentin	Dominique
26.	Th. Gautier	Le Capitaine Fracasse
*27.	Vigny	Servitude et grandeur militaires
28.	Sainte-Beuve	Port-Royal
29.	Hugo	Les Contemplations
30.	Lamartine	Jocelyn
31.	Balzac	Le Lys dans la vallée
*32.	B. Constant	Adolphe - Le Cahier rouge
33.	Chateaubriand	Atala - René - Le Dernier des Abencérages
34.	Sainte-Beuve	Causeries du Lundi (extraits)
35.	Musset	Confession d'un Enfant du siècle
36.	Lamartine	Graziella
37.	Eugène Sue	Les Mystères de Paris
*38.	E. Labiche	Théâtre
39.	Hugo	Les Châtiments
40.	G. Sand	La Petite Fadette.

Printed in Belgium

Ce livre, le dix-neuvième paru
de la collection
LES CENT CHEFS-D'ŒUVRE
DE LA LANGUE FRANÇAISE
a été achevé d'imprimer
le 7 avril 1959 sur les
presses de Gérard & Cᵒ, à
Verviers (Belgique)
pour Robert Laffont, éditeur
à Paris.

Philippe Soupault, directeur
de la collection avec la colla-
boration de Henri-Jacques Du-
puy, a veillé à l'établissement
du texte. Paul Rudloff a dessiné
les ornements de la couverture
et du cahier de tête.

LES CENT CHEFS-D'ŒUVRE
DE LA LANGUE FRANÇAISE
ont été choisis par les auditeurs de la Communauté Radiophonique des pays de langue
française à la suite du référen-
dum-concours d'octobre 1958.

Nᵒ d'Editeur : 1083.